赵明和 ◎ 著

我的美国表姑

"圆顶房"下的今人与往事

My American Aunt

上海三联书店

目　录

第一章

渊　源

1993 年，隆冬的早晨。

父亲把一封美国来信递给我："保志宁的女儿要从美国到香港开会，然后来贵阳。"顿了顿，又说："她在联合国做事，从没来过中国。按辈分是你表姑，圆顶房的事，以后由她来处理。保志宁老了，跑中国困难了。"

保志宁，王伯群夫人，父亲称呼她大舅妈。世人对她最熟悉的一个标签是"大夏大学校花"，人们把她与林徽因、陆小曼等并列为"民国十大校花"。至今，后人仍会津津乐道于她与王伯群的婚姻，不仅因当时王伯群是国民政府的交通部长，还因两人的年龄相差了 26 岁。其实，相对于世事无常的人生，这些标签和热词都不重要。她骨子里十分自立自强；出身外交世家加上勤奋用功，所以她的英语很棒。在王伯群辞世后，真正重要的这两样成了她漂洋过海到美国站稳脚跟的立身之本。

"圆顶房"是王伯群和保志宁在贵阳时的故居，位于护国路，现是贵州省文物保护单位。

1985 年保志宁回中国，与我父亲等老一辈重聚，那以后他们为圆顶房的种种事宜信件来往密切。现在，"圆顶房的女儿"又要来了，她会否像她的校花母亲一样娴雅美丽？

她有多大呢？我看完信后问。父亲掐指算着："她是个遗腹

1945年时的保志宁　　　　　1943年时的王伯群

子①。王伯群辞世后才出生，四十八上下，比你大几岁。"接着又说了让我颇觉诧异的话：

"她一直独身，没有结婚。"

信内附有摄于台湾的何应钦九十寿辰相片，他在九十八岁时辞世，父亲称呼他三姨父。时值他辞世六周年，国外及台湾的亲戚在进行纪念，保志宁舅婆以为父亲没有此相片，所以又寄了来。

曾经叱咤风云的这位大人物，头戴寿星帽，傍着生日蜡烛的烛火在悠然微笑。望着相片父亲说，"等你表姑来了，如果我身体情况许可，想陪她去趟兴义，看看她家和何应钦家的老屋，也看看我外公刘显潜的老屋。"

父亲说完沉默了。我也沉默了。

潜意识里，某种说不清道不白的奇特感觉，正由远而近袭来。这一早晨谈的话，触及我背后的一个大家族。多少年来，我一直小心地

――――――――――

① 此处参见本书第 120 页末。

兴义泥凼何应钦故居

将其置于脑后，不愿去面对。而刚才提到的其中几位主要人物，尽管他们早已离去，现在却因为将到中国来的表姑，他们似乎也会紧跟她的脚步，一个个地由背后，绕到眼前来……

　　父亲的外公刘显潜，与刘显世是亲堂兄弟。现在贵州兴义著名的"刘氏庄园"，是当地一大旅游热点，前去参观的人络绎不绝，那就是刘显潜与刘显世的故居。亲堂妹刘显屏，本人是兴义刘氏家族的一个普通妇女，但她的子女中，长子名王文选，即王伯群，次子名王文华，即王电轮，行三的女儿名王文湘，长大后适何应钦，成了何夫人。

　　说起何应钦与王文湘，印象最深的是父亲多次讲过的他们的家庭。他俩自结婚后感情就很好，但一直没有生育，何虽位高权重，且一表人才，却既不同意纳妾，也从不在外拈花惹草，于是过继了兄弟何辑伍的女儿何丽珠为女，一个家庭就这样尽享天伦和谐稳固地直到俩人终老。

　　他们都出生在贵州兴义。刘显潜刘显世的老家在下午屯，王伯群老家在景家屯，何应钦老家在泥凼。

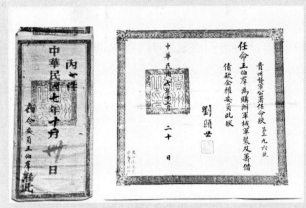

刘显世给王伯群的任命状

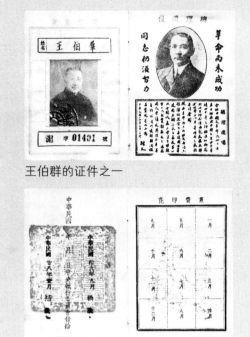

王伯群的证件之一

王伯群的证件之二

就曾经做过的"官衔"来说，刘显世曾几度出任贵州督军兼省长；刘显潜为滇黔边务督办、游击军司令，代理过贵州省长；王伯群任国民政府委员、交通部部长；王文华在护国运动中任护国军右翼东路军司令，护法时被孙中山任命为黔军总司令；至于何应钦，是国民党中地位仅次于蒋介石的军事首脑，曾任国民政府行政院长、军事委员会参谋长、陆军总司令、国防部长、军政部长等要职。

这个在近现代史上对贵州、对中国西南、乃至对全中国产生过至深至远影响的家族，当我在这里写出他们的名字时，内心仍然百味杂陈。看似"显赫"的这个家族，没带给我任何"福祉"，却从记事起就"自然而然"地加给我无尽的灾难。换句话讲，他们当年越是"显赫"，带给我的灾难就越是深重，造成心灵上烙印般的创伤。因此我对这个家族一直不大愿提及，不大愿面对。

这样的家族背景加上"海外关系"，从 1949 年后就让父亲一直受牵连，到了"文革"时期让我们一家被整得濒于家破人亡。何应钦、刘

1945年，何应钦（右）在受降仪式上

显世、刘显潜中任何一个名字，在当时都是一个梦魇，一个黑暗的深渊。在"文化大革命"那个惨烈的社会环境下，别说与他们都是亲戚，只要随便与其中一个沾亲带故，都会背上沉重无比的黑锅，被打入十八层地狱再踏上一只脚，永世不得翻身，有时直接就能置人于死地。

父亲在"文革"中被关牛棚，除了每天放牛砍猪草写检查，随时会被拉出去游街批斗。其中一次是被押着上台，然后被命令弯腰九十度对着群众。这时跳上来一个中年男人，指着父亲骂道："丧权辱国的《何梅协定》，就是你的三姨夫何应钦出面与日本人签定的！何应钦是个大卖国贼，你也是个卖国贼！打倒卖国贼！"说着说着就对我父亲又是拳打又是脚踢。这时蹿上来两个人，其中一个对着父亲连骂带打几下后下去了，另一个上来后对着我父亲脑袋先是一拳，然后一脚狠狠踹去，父亲站立不稳，往一边倾倒，先前的那个男人又一脚把他踹过来……台下，口号声雷动："打倒卖国贼！坚决打倒卖国贼！"

《何梅协定》是否存在，是"子虚乌有"，是"有名无实"，亦或是另有说法，一直存在争论，此乃史上一桩公案。但在那个年代，与《何梅协定》扯上边,与卖国扯上边,直接是会要人命的呀!父亲本人从不对我说起他在"文革"中的遭遇。多年后仅有唯一的一次,父亲对我回忆:"……那时心想完了,再上来几个这样打,我这条老命,可能就交代在那天了……"父亲不想我难过,想尽量轻松的讲,这点他基本做到了,他的口气里甚至还带一点点嘲弄。做不到的是他的眼神,心灵深处的屈辱与悲愤,让眸子深处闪着泫然泪光,想隐忍也没法隐忍。而我知道,我当时的眼睛里,也只有和他一模一样的,想对他掩饰也掩饰不了的屈辱与悲愤的泪光。

想起堂堂国家主席刘少奇,竟会被打成所谓"叛徒、内奸、工贼",残酷迫害致死。他最后栖身的地方是一个废旧的黑暗锅炉房,当遗体被拉出来时,竟连一张能完整的盖住他曾经伟岸身躯的,长一点的破席都没有,以致他枯瘦的双脚还裸露在那领短了半截的破席之外……邓小平的儿子邓朴方,被揪斗后几个人抓住他从楼房的窗口扔了出去……在这样惨绝人寰的"文革"环境中,批斗会上如果活活打死一个普通老头,不就如掐死只蚂蚁一样?我至今感谢那天在台下的群众。或许在贵州安顺这样的小城,世风与人心相对古朴,不太易被煽动得癫狂而群体作恶,因此那天除了那两三人,其他人是有所克制的,没有上台施行暴力,父亲侥幸躲过一劫。

父亲已然成了"历史反革命"、"现行反革命"和"里通外国的特务",再加上他的先辈刘显潜刘显世和散居海外及台湾的亲戚们,我自然就背上了黑得不能再黑的黑锅,初中毕业就被"内定"为不能继续升学的另类,更让知青时代成为黑七类子女的我在饱受歧视和巨大的政治压力下,虽经种种努力仍因"家庭政审不过关",让回城工作成为泡影,百般走投无路中差一点就去卧轨自杀。

父亲也曾几次想到去死,结束这种非人的生活。他能从"文革"

中活过来,只因为母亲,不管怎样的政治高压和严重后果,她对父亲始终如一,这从精神上给予了他信心,还有就是他身体比较强壮,总算支撑他熬过了种种苦难。而1971年那个凄风苦雨的早上我没去卧轨仅仅出于一种偶然。否则,我们早已被整得家破人亡。

如今,"海外关系"们或通过各种渠道来往联络,或像舅婆与表姑等亲身回国亮相,当年一提起就谈虎色变的"两刘一何",他们的故居,经政府修葺与保护,由县级文物保护单位,提升到现在已是"全国重点文物保护单位"。刘显潜刘显世的老屋,除以"兴义刘氏庄园"闻名外,因是全国最大的屯堡式建筑群,有关方面认定具有较高历史、科学、艺术及研究军阀史的价值,还将收集完善相关资料,建"兴义刘氏博物馆"……无论眼前如何地热闹,我们,不过是从浴火中得以生还。捂着内心的伤疤,淡然旁观,如此而已。

只要"家庭背景"不再给人予伤害,只要不再背负沉重的"原罪",足矣! 因此,如果不是为了亲自陪四十八年来将第一次踏上中国土地的表姑,父亲也根本不会说从凑热闹的角度回去看老屋。

我心深处有个不大不小的"结",我的外公周素园,与我父亲的叔公刘显世,是政治上不共戴天的宿敌。

外公是贵州辛亥革命的主要领导人之一。1911年11月,贵州自治学社长期酝酿的,推翻清王朝腐朽统治的武装起义已接近成熟。当张百麟、周素园、乐嘉藻等冒死进入贵州抚署,劝告巡抚沈瑜庆顺从民意,和平交出政权时,刘显世正带着部队,在沈的密电下兼程赶来贵阳增援、镇压。

当时,全国及全省革命形势高涨,贵阳城内军民都支持革命,连巡防卫队也表示同情革命。沈瑜庆见大势已去,不等刘显世赶来,被

全国重点文物保护单位兴义刘氏庄园

刘氏庄园陈列馆正门

庄园内的家庙

庄园内的刘显潜故居督办府

庄园内的忠义祠

迫向自治学社交出了政权,贵州辛亥革命兵不血刃取得了胜利。

此时,刘显世带着部队才赶到平坝,闻听不敢再前进,退至安顺驻扎。刘显世此时考虑,想返回兴义,正在进退两难之际,随行的前队官、外甥王文华(即前提到的王伯群胞弟)进言:"……贵州光复,乃顺时应人之举……若回兴义,显示反抗,必遭失败,……当兹光复伊始,需才孔急,必获录用……"刘显世依言假惺惺写信给张百麟,善良的革命党人中虽有人反对,但经过争议,最终刘显世等被允许入城。之后刘显世被任用为枢密员兼军事股主任,所带的徒手兵也一律发械武装。

刘显世之进入贵阳,不啻于引进了一只阴险的"笑面虎",为贵州辛亥革命埋下了极大隐患。同时,也成为刘显世本人从一个盘踞兴义的土豪,此后一跃成为割据全省的军阀、掌控全省政治经济命脉的省长的重要转折点,这是后话。

在以张百麟、周素园等为首领导下,推翻清王朝在贵州的统治,成立贵州大汉军政府后,刘显世等表面表示忠诚,拥护大汉军政府,暗地里却伺机反扑。1912年2月2日,立宪派主要人物发动政变,杀害了黄泽霖,张百麟侥幸逃脱,之后更勾结唐继尧带领滇军以阴谋手段进入贵阳,猛攻都督府,并血洗贵州军民。大汉军政府被彻底颠覆,贵州辛亥革命的胜利果实被彻底葬送。紧接着,包括刘显世在内的群寇协谋,逮捕和诛杀自治学社成员,以非常手段消灭异己。这就是当时震惊全国的"二二事变"和其后的"亡黔"时期。

军政府被颠覆的二十多天后,久病的外婆辞世,撇下一子三女,当时,"长方毁齿,幼者犹在襁褓,"而立宪派中的郭重光等人已迫不及待要捕杀周素园等自治学社成员。外公只能将儿女暂托与人,借道四川逃离贵州。几个幼儿常陷入完全无人照拂的凄惨情景,外公

壮年时期的周素园　　　　　　　周素园与女婿赵发智摄于毕节（1946年）

的长子俊群，就因没有大人照料，被滚烫的汤水烫成重伤，不治夭折。

流亡期间，外公将云流星散在北京的革命同志组织成"黔人冤愤团"，奔走呼号，伸张正义，并起草了《黔人冤愤团宣言书》等等文件，为贵州革命派鸣冤。后被唐继尧向袁世凯密告为革命机关，被袁世凯下令通缉。那些年，外公一直是处于被袁世凯、唐继尧、贵州立宪派等的多重迫害下，曾数度濒临虎口。

在"河山兮破碎，身世兮飘零"中，我那当时仅一二岁的母亲和比她大不了多少的姨母们，是在 1914 年时，被外公设法接到身边的。她们和外公一起，过着时时面临监禁捕杀、追捕和逃亡，再加上穷困潦倒，濒于断炊的生活，后来又经历了再次丧母的哀痛……

仅比我大两岁却十分成熟的家兄，在很早就对我提起这种来自母系方面亲人和来自父系方面亲戚政治上的严酷对立，让还很懵懂的我一直困扰于自身既是周素园后代又与刘显世有亲戚的身份。这种困扰今天可以大致表述为,曾经的尖锐对立,不知当初他们怎样对待我父母的婚姻?对立的双方在已有儿孙辈联姻的情况下怎样共存共处?父母在其中很为难很为难吗?当时没有能力捋清到这种程度并去讨教父母,在一个幼稚女孩单纯的内心,此成了心中的一团阴影和一个模模糊糊的"结"。

第二章

期　待

贵阳市护国路路牌

　　车流来往不断、人群熙熙攘攘的贵阳市万东桥畔，一栋与周围楼房迥然有异的青灰色欧式建筑，静静地伫立近百年了。这栋在省城所有楼群中独具风格，古色古香，高耸的塔尖指向苍穹的"圆顶房"，带着沧桑与几分孤傲，矗立在爬满常春藤的高高的堡坎之上，这就是位于贵阳市护国路的王伯群故居。

　　兴建于1917年的这座楼宇，由主楼和圆形的塔楼组成。主楼的三楼以上四周有露台，塔楼的最上方是高耸的圆弧顶，正上端是细长的哥特式塔尖，是一座欧式兼具中国元素的建筑。毗邻它的原还有王文华故居，在万东桥扩建时已被拆除。

　　在省城贵阳，王伯群故居，加上原有的王文华故居，其所在的这条街，所以叫"护国路"，皆因兄弟二人在护国战争中的贡献故以命名。

　　王伯群名"王文选"，但一直以来人们几乎忘记其名，而习惯于称呼其字"伯群"，所以他是以"王伯群"在历史上闻名的，正所谓"以字行"。

贵阳王伯群故居，圆顶房塔楼（图片来源：
兴义王伯群故居）

主楼侧立面（图片来源：兴义王伯群故居）

圆顶房的侧面下部（图片来源：
兴义王伯群故居）

位于兴义市的王伯群故居（2016年）

王伯群早年留学日本时即参加同盟会,并与梁启超结识,后长期追随孙中山从事革命活动。回国后应章太炎之邀出任《大共和日报》经理,继续宣传革命思想。时袁世凯阴谋复辟帝制,1915 年王伯群赴京期间洞悉袁世凯称帝野心,与在京的梁启超、蔡锷等商议,确定以滇黔为发难地共举反袁义旗。并专程回黔与王文华秘密策划反袁。其间他们排除各种阻力和困难扩充黔军,培训军事骨干,充实到下属各部,又设法解决了经费和军饷问题,使黔军迅速扩充并素质得以提高,成为护国战争中的重要力量。袁世凯称帝前,王伯群与蔡锷、梁启超等七人在天津开会,确定了滇黔武装起义方案(史称"天津会议")。袁"登基"后不久,云南即宣布独立,誓师讨伐袁世凯。一个月后,贵州宣布独立,王文华任护国军右翼东路司令率军出战。此后全国多省相继宣布独立,袁世凯无法维持其统治,在大不得人心中暴毙,护国战争取得胜利。

贵阳市在筹划扩建万东桥时,为保留王伯群故居,曾不惜代价、不厌其烦地数度更改红线,足见出对这段历史的重视和对房主人的尊重。

多年来,圆顶房以它独特的风貌吸引着路人的眼光。曾有许多人慕名专程而来,有的人则是在路边瞥见它后便移步上前,绕到堡坎上,想一睹风采并看个究竟。然而大门紧锁,人们趴在窗台上切切地往里窥望,或在房檐下茫茫然四处张望,除了能看见外观和省级文物保护单位的标志,其他均不知所以,不得不扫兴而归。

圆顶房在 1984 年时发还王氏,一年后某政府机构在此地皮上建起了七层楼的办事处兼招待所,后变成宾馆,空地处还成了停车场。有人认为王氏家族都在国外,鞭长莫及,便趁机在故居地皮上不断搭建违章建筑,另一政府机构也居然罔顾文物保护条例,在故居大门外建起了违章屋。一度周围被严重蚕食，一座具有厚重历史价值的文物被挤对得难以安身。

女主人保志宁在房产发还后立意，不用来进行任何赢利性经营，而拟作为一个载体，为社会作贡献。比如开办为公众免费开放的历史陈列室、图书馆、文化研究室。但无论派做何种用场，前提是必须拆除一切违章建筑，还故居完整的原貌。

为此美国的王氏家人及在筑亲戚，陷入不停的申诉，上访，奔走，呼吁，但这又谈何容易！圆顶房因此不得不大门紧锁……

等待中的表姑通过她母亲带话，问候我父亲，说她期待着来中国，赴香港开完会即来贵阳，要就许多事当面讨教。

然而此后不久，没等表姑来到，父亲却在重病中倒下了。

或许知道生命来日不多，他一再向我谈起圆顶房，批评我一直以来对此的不闻不问，要我以后代替他多加关心。

"保志宁问我，在当前条件下，圆顶房除了做公众图书馆之外，还能用来派做何种用场，还有什么更好的想法？我没有精力了。你好好地思考后拿出意见，在你表姑回国后给她建议或参考。"

我嗫嚅地立于病床前，最后是唯唯诺诺。

说实在的，这些年来，父亲以近八十的年纪，为圆顶房的事到处奔走，我一直不以为然。虽然那是因为受着他的大舅妈保志宁的重托。我从没去正视过，根源于兴义下午屯，又加半世纪风雨，因而根深蒂固的那份传统家族感情，也不大理会我的父母尤其是父亲，与圆顶房和王伯群夫妇间深厚的关系。

保志宁舅婆来中国时，我没有陪父亲去见面。后来她通过父亲询问我愿否做王氏在贵阳的房产代理人，我也以自身工作太忙而委婉辞谢。

所以如此,其中一个重要原因是,尽管时间已行进到了九十年代,由于心中留下的伤痕,我仍然不想去触碰背后这个家族,包括其中任何的人与事。

眼下,表姑所以要来中国,是接替年事已高的舅婆处理圆顶房事务,病榻上父亲的殷殷嘱咐,是要我代替他继续尽力。是时候得调整心态,去准备面对了。人生走到一定的阶段,势必都得应承下前辈的一些嘱托,接过一些担子。那,也是一种责任。

对于将到贵阳的表姑,我开始有了期待。

她从美国来,在联合国供职,应是知性、睿智的高层次女性风范;一直未婚增加了她的神秘感;虽高一辈,但与我几乎是同龄人,应当谈得来。

漫长的四十几年中,我从未去过老家,也与老家人全无往来。那个大家族,对于我只是部过往的历史。表姑是新来到的,我得去接触并要相处的家族第一人。因此她,又像是从兴义老家那方水土上来,从景家屯的青瓦屋檐下来,从历史的深处来。

隐约感觉,她的到来会让我发生某些改变。

期待着表姑到来的,还有"贵阳大夏大学校友会"。大夏大学是今华东师范大学前身,与表姑的父亲王伯群有紧密关联,也与表姑本人到中国以后,开展的各种大小活动息息相关。

先看一则有关资料记载:

"1923年冬,厦门大学学生因对个别教授教学方法不满,向学校提出改革校务的要求,学校当局处理不当,开除学生,激起全校学生义愤。事态愈演愈烈,至1924年6月1日,学校当局竟指使人殴打集会的学生。于是三百多名学生强烈抗议,发表宣言,集体离开厦门大学。学生代表团到上海后,请求在沪的九教授另筹新校。欧元怀等多方奔走,但因经费无着落,难以筹措,后以王伯群捐款银币两千元,新校得以筹办。"

由此,1924年大夏大学在上海应运而生。"大夏",是"厦大"的颠倒,后取"光大华夏"之意,定名为大夏大学。

王伯群作为主要出资人和创办人被推举为董事长,其他校董有汪精卫、邵力子、马君武、吴稚晖、叶楚伦、张嘉森等,教授中则囊括了郭沫若、田汉、吴泽林、夏元瑮、何炳松、李石岑等等。

大夏是一所综合性大学,在当时因拥有一流的教授、教学设施设备好,校园风景秀丽,被誉为"东方的哥伦比亚大学。"

抗日战争时期,该校迁到贵阳,不仅培养了大批人才,也为社会经济和文化发展作出了贡献。国民政府教育部曾拟将之与贵州农工学院合并,改名"国立贵州大学",引起大夏师生抗议,教育部不得不收回成命。抗战胜利后大夏迁回上海,与光华大学合并成立华东师范大学。

"贵阳大夏大学校友会",成员为抗战时期在贵阳就读的学生和教职工。我的父母都曾受聘在大夏大学任教。贵阳校友中包括原大夏大学中学部主任吴照恩老先生、贵州广播电视厅原厅长杨德政、贵州省教委原主任任吉麟、贵州文史馆原馆长冯楠、著名书法家冯济泉、省内知名学者邓宗岳、李际诠、邹学英,还有郭理泉先生、赵立正先生等等。

这批学养深厚、德高望重的在筑大夏校友,为社会尽力的雄心不减,他们酝酿出一个宏大的计划:在当前的时代条件下,恢复大夏大学!

王德龄（坐者左一）与部分亲戚和大夏校友摄于贵阳（2000年）

王德龄在贵阳参加大夏校庆活动

王德龄（前排左起第五人）与贵阳大夏校友会的合影（2004年）

王德龄（左二）与周素园女儿、外孙、外孙女（1999年）

1993 至 1994 年，也就是表姑将要回贵阳的那段时间，"贵州大夏学院"成立的一切筹备工作和各项审批手续已基本齐备。"大夏"回来了，历史在现实中得以延续。在这样的时候，"老校长王伯群与保志宁先生的女公子"将要到来，如何不让大夏校友们兴奋与期待？

"王德龄要来！"那些日子，这句话在老校友中间激动地口口相传。他们纷纷希望，筹备中隆重而热烈的"贵州大夏学院"成立大会，最好等老校长王伯群的女公子王德龄到来时举行，把她请到主席台上就坐，再让她来一个即席讲话，那么，将会格外地富有意义。

然而表姑似千呼万唤难出来。她赴香港开会后因公务即转赴欧洲，贵阳没有成行。在她准备要二度回中国的那个时间，我的父亲因病辞世。父亲没有等到与这位表妹见面，大夏学院成立大会也没有等到这位女公子的到来。

这之后的一天，我路过圆顶房，隔着马路站在它对面。我的父母就是在这里认识的。或许因为亲人故去，曾与亲人有关的都会让人怀念,对它顿生出一种亲切感。想起将要到贵阳的表姑,于是也想起了圆顶房与这个家族千丝万缕的联系。曾在这个屋檐下居住或来往的人,使得这座楼宇涉及辛亥革命、护国战争、护法战争和往后的抗日战争。它曾与贵州二三十年代的政局、时局紧紧关联,也一度成为贵州政治、经济、军事的中心。想到这些时,我脑海中风起浪涌,西服革履的王伯群,总是一身戎装的王文华、何应钦,喜欢着长衫的周素园……似随着屋子上空飘浮的云彩,微笑着,从高耸着塔尖的圆形屋顶上款款掠过……

眼前它孤立在那里,静默而空洞,似乎在等待或是守望。图书馆、纪念馆如能办成,它也能抖落百年风尘,像那些夜来披着闪闪霓虹灯的周围建筑一样,跻身现代社会。于是突然明白,除了我、大夏校友,期待着表姑到来的,更还有这座沉默不语的圆顶房。

它在期待从大洋彼岸归来的第二代主人。

这第二代主人,这位圆顶房的女儿究竟是怎样的一个人?虽然知道她的家世,了解一些她的相关信息,还是想象不出。人与人最初结识,总是先从外表,从谈吐举止开始。由不得在心里揣度,表姑自小受的美国教育,世界各地都去过,自然是秀外慧中,举止落落;衣饰方面,会是精致而考究;谈吐方面,一定温文尔雅而富于教养……

第三章

碰　撞

幼年时期的王伯群四个女儿，
最小者为王德龄

次年隆冬的一个晚上，堂弟来电话，说表姑到贵阳了，想要见我，让尽快过去。

见面地点在市区北边一栋小区房里，我与先生到达那个房间门口时，堂弟和堂妹各站在一边，昏黄的灯光里，一个体型比较肥胖的女子正背对我们在敲着那家的房门。之前电话得知，刚到筑的表姑要造访一位住在这里的大夏校友。

已听见我们到了，那个比较肥胖的背影并不转身，继续背对大家听门内的回应。我站她身后，打招呼也不是不打也不是，而这时间竟很漫长。曾设想过与她的第一次晤面，但绝想不到是不无尴尬的站她后面"望其项背"。她穿一身藏蓝色衣服，双肩背一个鼓囊囊的黑色大包，长发齐肩，个子顶多一米六。

等了好一阵门里没声，她这才转身回头，瞄到她是鹅蛋脸型且五官清秀，但脸上没有任何表情，既不打招呼也不看任何人，用同样没

兴义市云贵酒店内的何应钦故居

有"表情"的,标准的普通话对大家说:"可能不在家。我们走吧。"也没说要去哪里,一行人只好先跟着出来。

堂弟走在后面悄悄对我说:"她半小时前才刚刚返回贵阳。她一回国后就去了黔西南州,除了与州里会谈,还去看了王家老屋,何应钦故居和'刘氏庄园'"。"她一个人,我说陪她根本不要,大冬天的,吧嗒吧嗒的跶着双布鞋,背个大背囊,挤上班车就走了。从城里去乡下时搭上个货车坐在车厢上,一路吹着狂风。再从乡下返回城里,你猜她坐的是什么车?"我摇头说猜不到,堂弟说:"她问我那叫什么车,我也不知道,她给我比划说,那车很脏,很小,马达噗、噗的响,冒着黑烟,人坐在上面也跟着一路噗、噗的上下颠簸。"

我越听越觉得不可思议,心里好生迷惑。这位"名媛表姑",作风、做派都让人诧异,不合之前想象,是美国人都如此,还是因为她的个性?在灯光明亮的街上,看走在前面的表姑,如此冬季,果然跶双单薄的旧布鞋。

后来我知道,她此行的第一时间,便是去与有关方面洽谈,她提出如对方不愿拆掉修建在王伯群故居地皮上的七层楼招待所,那么她愿出资一百万人民币,买下这栋大楼,然后再拆掉。为的是"让我母亲从此安心,不再为此烦恼。"二十年前,一百万人民币是一个很大的数目,但是对方没有接受此提议。

这是我与表姑的第一次见面。

从那以后她经常回国,一年两三次,甚至三四次,有时一年中近半时间在中国。她让我们按美国习惯直呼其名,我们从此叫她:"德龄"。

德龄长相有些像她母亲,皮肤白皙,鼻梁秀挺,细长的眼睛一笑就眯,加上脸颊边两个也是细长形状的酒窝,很有喜相,四十八岁的人,看去居然一派朝气蓬勃,散发着年轻人才具有的健康而充沛的活力。

她从美国哥伦比亚大学毕业,政治学博士,会四国语言,在波士顿一所大学任教,同时是联合国非政府组织"国际机智持续发展会"和"非政府组织能源委员会"主席,及"非政府组织委员会"常执委。

她衣着不讲究,怎么方便舒适怎么穿。有次从土耳其开会过来,天已很冷,我们着棉衣,她着短裙下了飞机。催促她去买衣服,她变戏法似地掏出一件半旧棉唐装,还是土红色带暗花,上身真有几分滑稽可笑,但她毫不在意。夏天她喜欢把衬衣的下摆塞在裤腰里,长裤在外,但从不用皮带,更不会用名牌皮带。长头发披散在肩上,背上从来是不离身的鼓鼓背囊。她虽是黑头发黄皮肤,但从气质到外形,那种卓尔不群的气度,一望就是个"老外"。

九十年代中期,从长期封闭的社会生态和自身心态中走出来不久,也与"老外"无直接接触,一旦迎来了自由的美国人,零距离,面对面,虽是亲戚,一时也拿不准该怎样相处。

五十年代作者一家五口的全家福

作者父母（右一，右二）与亲戚在四十年代

作者一家（2016年）

作者工作照

美国作家彼得·海斯勒在他的《江城》中，这样描写某些中国人第一次与他接触交谈："……我和这位机修工聊了一会儿，接着，为了很有礼节的表示我们的闲聊即将结束，他一本正经的说道：'我们两个国家所走的道路不同，但我们现在成了朋友。''对，'我回答道，'我们可以忘掉过去存在的问题和麻烦。'在涪陵和延安这样的小地方，我总是以这样的答语来结束我们之间的即兴闲谈。人们好像老是觉得有必要对中美之间的关系作一番总结陈词……"看到这里我不禁发笑，我们与表姑初见面时的交谈，虽不至此，却很有几分类似。

海斯勒与那些人只是萍水相逢，可以使用"外交辞令"，见面谈，过后丢，而我们与表姑要在长时间里，共同去处理和面对各种复杂问题及事务，因此其后，和她便不可能总是客客气气了。尤其她刚来那些年，一直与她争论不断，有时直接是争吵，直至双方都面红耳赤。与她相处，好就好在该争就争，该吵就吵，争完吵完，大家又都没事一样，该干啥干啥，反而因各自都敞开了心声，谈开了想法，所以比不争吵之前相互更了解。使我感动的是，从最初的几次接触之后，觉察出她在尽量地听取我的意见并按我的意思办，这在她已很难得。

开始时，表姑言必称"我们美国"，面对无论任何事几乎都会强调说："美国不是这样的"，"美国人不这样看"；我们就会不冷不热地反驳："这是在中国"。到了后来，和她之间进一步熟悉，也相互有了适应，她不再动辄我们美国，我们也不再生硬地反驳这是中国，而是静下来听听美国和美国人在这个事上会是什么态度。

有次说到中国建摩天大楼，彼此又发生了争执。表姑到中国后，去了不少城市，无一例外看见到处都在建高楼，而且越建越高，越建越多。像不少人那样，我们把建高楼，特别是摩天大楼，视为城市的象征与骄傲，而她表示出的是担忧与不认同。她说："中国不应该走美国的老路。美国过去建了好多摩天大楼，但是现在带来很多问题。"她列举了一些弊端，比如光污染，挡采光，住户遇上意外事件没法及时处理，尤其如果遇上大的自然灾害比如地震，其结构稍有损坏整个楼就成为危楼等。

我从没细想过摩天大楼会有这么多弊端。她有点情绪激昂的接着说："中国不能跟在发达国家后面，一，二，三，四，五，六，七，八，九，十，这样一步步地走。要从一，一下走到三；甚至一下就走到五，走到六；甚至一下就走到十……"中国现在当然是在走着自己跨越式的发展道路，她这话里，除了殷殷地希望中国好，还蕴含了一种与东方人相同的思想方法。只是这样的表述方式确实特殊，与众不同。

她一脚踏进中国社会，人情世故不懂，汉语表达方式与人家不搭界，尤其比如由谁"牵头"，部门之间没有"通气"，有人在"打太极"，这些用语在她是一头雾水。有时明明是与中国人在谈话，却时不时不由自主的溜出一串英语。于是她虽说着一口流利的普通话，和人打交道还是时时要我们充当"翻译"。

她的语言总是带着强烈的感情色彩，比如"我求求你，我求求你们大家，我要去上吊了，我要去自杀了，"等等。在她举办重庆纪念会前后，与大家发生了激烈的争执，而我的意见与大家一致，她很失望，在情绪冲动中她居然一下跪倒在我面前，说明和啊，求求你怎么怎么……东西方文化背景，加上个人性格原因的冲突，在我们的相处中一直存在。但又始终没有妨碍与她有"血的关系"（她把"血缘关系"说成"血的关系"）的亲切感，并随着与她相处的时间越长而感情越深厚。

表姑甫回国就与贵阳大夏校友会主要成员见面，之后多次宴请所有校友，再后来，她的大小活动除与贵阳校友外，还与重庆、上海以

至全国的大夏校友相关相联，从整体上为大夏大学和大夏校友办了许多大事。同时她也为许多校友个人尽了心，出了力。但，或许由于个性，她还是得罪了其中的部分人。

表姑每次回来就召集我们，除了办事，吃完饭就坐下来神侃。侃美国，侃中国；侃王文华，侃刘显世，侃何应钦。后面这些人，多年来我除了父亲和家兄，从不与别人谈起。现在与堂弟妹，尤其是与表姑，坐下来神侃起家族中这些人，那种感觉很有几分奇特。仿佛由于表姑的到来，他们也不再只存于史书或史料，而是来到了现实中，如表姑一样离我很近，就在围坐着的这个桌子中间，呼之即会面目清晰地站起身来。

表姑体格强壮，精力过人，可以不吃不喝不睡照样跑几个城市，这种神侃会继续到深夜，我们都困到不行时，她还谈兴正浓。

第一次与表姑坐下来吃饭，才知她是个彻底的素食主义者，坚定的动物保护主义者和"环保人"。有人吃素是为了减肥，有人是因为某种信仰，她则是："保护动物从我做起。我管不了别人，但我管得了自己。"从中学时代起她就不再碰肉、鱼、蛋及任何与动物有关的食品。她为我们点丰富的菜肴,但她自己永远只吃蔬菜。

富水北路有个被她叫做"素馆子"的素餐馆,这里全部使用替代食材,再加不知什么特殊方法,烹制出在外观和口感上几可乱真的"回锅肉"、"糯米鸭"、"红烧肉",这是她喜欢去的地方。或许这是因为,作为一个饮食上本有各种正常需求的人,但又严格管束自身,除蔬菜水果外,杜绝了一切肉类的她,能从这里寻味到一些口感上的补偿。她会一边吃,一边饶有兴趣地用筷子夹起来玩味。但其实这些东西并没有多少营养。对于她来说,真正最美味的佳肴是贵州的小毛豆,尽情地吃上这种绿油油的小豆子,就算她在饮食上的最高享受。"美国也有毛豆,但颗粒大,没有这种小的,毛豆就是小的好吃。"——她往往一边说,一边陶陶然大快朵颐,率真、随性,全无矜持之态。

吃完饭她要我们打包。那时"打包"在国人心中没有概念,人都是吃完就走,不管桌上还剩多少。碍于她的敦促和坚持,只好把肉类打上包,蔬菜类不要了。没想她却坐了下来,一点点夹吃菜叶子。在多双筷子的反复夹击下残留碗底盘边的残叶败羹,被她毫不嫌弃的拽出来,心安理得地送进嘴里。这一场景,几乎每次与她吃饭时重演,成为十几年交往中固定的一幕。

因为表姑,我身居斗室而不得不去关注看似离我甚远的政治时局。记忆最深的是1995年,因圆顶房的事我们急催她回贵阳,按以往的规律,她会很快回国来了,但这一次,她却迟迟不能决定行期。

这一年春夏时节,世界妇女代表大会将在北京召开。美方原定由希拉里带领"美国妇女代表团"来北京参会,表姑是这个代表团中的成员。但这时出现了一些状况,我注意到,先是李登辉访问美国康奈尔大学,令中国反应强烈;不久又有一美籍华人吴弘达在中国境内触犯法律被中方拘留。由此,这个代表团还能否来华参会就没了消息。表姑回筑也就一直悬起。8月24日,中方放了吴弘达,25日,美方表态要来参加世妇会,26日,接到表姑电话,说她将于9月3日随代表团到北京,4日在会上把她的演说发表了,就到贵阳来。

何谓"一环扣一环",何谓"人与世界",我算有了点实际体会。

表姑是反对抽烟的,和她在一起时,我那一直抽烟的先生便收起了烟盒。她却说,你拿出烟盒来我看看。小小烟盒我们熟视无睹,不知那上面有什么东西会引起她的兴趣。果然,她拿起看看后大发议论并开始批评:"你们看,中国的这个禁烟标识就不达标。"她指着烟盒上那一行小小的字:"吸烟有害健康,戒烟可减少对健康的危害",继续她的议论:"这个标识,占的烟盒面积三分之一不到。在国外,这要求占到至少百分之五十,要很醒目地,很清楚地看到,目的是让人看见这个标识就不再想抽烟。美国的烟盒标识上,有一个被烟熏烂的肺,那个一看就很吓人,就没人愿抽烟了。"

在场人听见这样的言论,都很新鲜。表姑继续发表评论:"中国是在国际上签了约的呀,要禁烟,就是要从这些事情上做起。"我们并没有去深究签的什么约,平时抽烟的那几个人便开始议论:写那么明白,标识做得那么吓人,这香烟还卖得出去吗?烟厂的效益还会好吗?GDP能不受影响吗?既然不写又不行,这字当然就只能羞羞答答地写这一点点大啦。当时,大家总的感觉就是:在中国,也就只能这样了。

表姑没有私人感情生活，她是一个真正意义上的独身者。在她那里，没有为儿为女操心的家庭琐事，没有悱恻缠绵的感情纠葛，更没有男欢女爱与风花雪月。她就像一个"圣女"，因此只要与家庭、婚姻、两性之类沾上边的话题，我们之间从不谈论。

但有一次，她却因突然目睹的一桩怪事，以她说话直接、尖锐的风格，很让人意外的对两性话题单刀直入……

初秋的一天，她和几位美国学者在上海访问某大学。他们一边交谈，一边在对方工作人员引导下，穿过一条校园道路，进入楼内会议室。这时，看到竟有一对男女躺在路边不远的草地上——自以为有所遮掩，但在做什么举动却是路人一看都明白。实为"司马昭之心，路人皆知"。

如此的丑陋，表姑是这样说的："他们那是在做爱。我们几个都看出来了。"表姑耸耸肩，摊开手，"我们都很吃惊。都有点不相信自己的眼睛！那是一条时时有人来来往往的路，大白天，怎么可以这个样子！当时我们几个共同的看法是，中国人，真的是太过、太过开放了！"我们在旁的几个人一时间很尴尬，很难堪，为了把从美国来的老外们都惊骇到的，那两个所谓同胞的"司马昭之举，"为了让老外们由此得出的，以偏概全的评论，也为了从来不谈论这方面话题的表姑突然开口谈此话题时的直白。

表姑进一步阐述说："可能他自己认为这是在学西方，学外国人。外国人确实也会有在室外做爱的时候。他们或许在海滩，在月光下什么的。但那是追求一种情调，一种浪漫，而且不会是大白天在公共场所，公共场地。他们这与追求情调啊，浪漫啊，是有很大区别的。"

我由此看到，"圣女"一样的表姑，必要的时候，并不妨碍她坦然的、大大方方的谈论"性",并像对别的话题一样展开她的批评和议论。

比起日本人来,日常生活中,中国人的礼节方面算比较简略,但与表姑这样的美国人比起来,中国人的礼节又嫌太多。谈完话要出门了,宾主都站起身来,相互对着门谦让。主人说请,客人也说请,"请来请去谁也没有抬脚走出门去,都还原地站着,你看这可怎么办?"表姑经常在事后对我比划着苦笑。她每次回国,约见的人多,请人吃饭的时候也多,因为她来自美国,一些客人觉得尤其要表现中国人的礼貌,所以更是竭尽礼仪,客气万端。表姑颇觉负担,但既回到了国内又不能不"入乡随俗"。于是有那么一次,她竟带着几分调侃,几分戏谑,还有几分好奇,来应对这种本是体现礼貌和礼节的场面。

那天她约人吃饭,离开酒店包房,大家该告辞时,表姑脸上藏着只有我才看得出来的顽皮微笑,抢先去笔直地站在门边,然后回过身来,满脸堆笑地抬起右手对着门:"请,"又补了一句英语:"please",她是模仿礼仪小姐的模样站那里的。几位起身来准备鱼贯出门的客人见状,连忙闪到门的另一边,打头的一位彬彬有礼地对表姑抬起左手:"请,你先请。"表姑又一次抬起右手:"请,你们先请,please,please。"她一边拼命憋住藏着的"坏笑",一边继续一本正经地说"请,请。"

门边就这样上演起了一出小小喜剧。我知道她是存心和故意的,目的是看看这样一来二去地谦让下去,究竟谁,先迈出门槛。

实在不想她这样做。因为客人们的谦让是诚意的,而且已经被她的"大礼"弄得诚惶诚恐。于是我轻轻推着那几个人说,走吧,走吧,她没有那么多规矩的。摸不着头脑的客人们顺势出门,不作声地、轻手轻脚地从表姑身边经过,我也随着慢慢走了出来。

我没转头看表姑,因为她很可能正对我"心怀不满"。但经过她身边时,眼睛的余光清楚地看到,她瞬间像一个泄了气的皮球,礼仪小姐似的笔直站姿变成了弯着腰靠在墙上,脸上的表情也非常复杂:有沮丧,有尴尬,有对我扫了她兴的不悦,但最主要有一种愧色伴着她陷入了沉思。

她似乎正在自问:我是不是不该如此作弄人?

在我眼里,她的身上始终同时有"两个人"在与我们相处。当她在一边叽里呱啦用英语打电话,眉飞色舞,又是耸肩又是摊手——在她,完全出于自然,但在我们,无形中她拒人于千里之外,我们搞不明白她,更别谈走进她的内心世界。那时候,她就是一个美国人,一个在联合国非政府组织某栋大楼里工作的成员,与我们存在距离感。

另方面,她又是一个中国人,贵州人,我们大家族中的一员,相互间会感觉亲切。她提议去市郊的山上为我的父母和堂弟妹的父亲扫墓,去到那里才想起事先没有准备相应的工具,因为不是扫墓时节也请不到清扫的人。大家只好齐动手,她和我们一样赤手空拳地拔荒草、扯枯技,用穿着皮鞋的脚踹乱石,十分卖力,俨然干的就是自家的事。而且她干起活来时的架式和作风,得用上各单位经常用来评价优秀员工那几个固定词组:不怕脏,不怕苦,不怕累——那时,她就是我们大家庭里一个普通的成员。

别看她有时显得狂放不羁,但有时特别善解人意。尤其她无拘无束的性格,不用跟她装样,不用跟她做假,想什么最好直接说。她曾说自己到中国后感觉"美国人简单,中国人复杂。"慢慢地,至少我在学着,与她相处尽量简单透明。但人是复杂的,此后始终是,亲近中伴随着不断地冲突、争执,而后又和解。

表姑回贵阳不久,我十分意外地发现,她有刻意避开我们,也避开众人的行踪。这堪称"神秘"的行踪持续了很多年。最早发现是一天出去办事的路上,她停下来用英语打电话,耗时很长。开始以为是和美国通话,后来感觉不大像,对方似乎就在附近不远,因我听懂其中几句,她说自己住什么酒店,几点钟时让对方来。当然不可能问她对方是谁,因为每个人都会有自己的隐私。但我不由得奇怪,除了面前这几个亲戚,本城中再不会有人和她熟悉。如果打电话的是老外,她早就带来和我们见面了,如果不是老外,为什么又说的是英语呢?

在郊外为作者父母扫墓时,
努力拔除枯枝乱草的王德龄
(穿红上衣者)

王德龄(中蹲者)与亲戚在
作者父母墓前

在作者父母墓前行跪拜礼的
王德龄(2003年)

第四章

回　家

从字形上讲，"家"是一个甲骨文字形，上面那个宝盖头代表屋盖，住在下面的人由此可以遮风挡雨。即是说，家，是避风港，是安乐窝。那里有温暖、有亲情、有操心吃喝拉撒的父母、有无忧无虑的童年……古人在造字的时候就从字形上给了"家"一个温馨的定义。

　　圆顶房的屋盖正中高耸着塔尖，从造型上讲，比别的屋盖更像"家"字上面那个"宝盖头"。这天，表姑来电话，邀我去这个宝盖头下面的她的家。这里既是她的家，又与普通的家不同，因为，现在它只是一座没有人气、没有任何家庭生活气息、标示着省级文物保护单位的文物。

　　还离得老远，就看见她站在半路上等着我，这是她初到中国不久的那段时间。走近了，看到她脸上殷殷的表情，她好像有许多话要对我说。

　　果然才到跟前，她便滔滔不绝的向我倾诉回国后遇到的种种烦恼，包括与周围人之间的难以沟通，包括对圆顶房看管人员的不满与抱怨，尤其围绕故居出现的一系列问题让她头痛不已。

　　我很理解她。

　　王伯群故居面临的情况很复杂，各种问题层出不穷。其中最大的一家违章建筑具有极大的活动能力,甚至要去设法拿到产权证和土地使用证。另还有一些小的住户赖着不搬,硬说这房子在几十年前已由"老夫人"也就是保志宁送给其居住了。此外,还不断有人想租下这栋房子,用于商业经营。

而从舅婆到表姑,坚定的想法就是拆掉所有违章建筑,办起纪念馆和图书馆,为社会无偿服务。但并非有了好的愿望就能实现,在现实社会中虽经多年努力,纪念馆和图书馆仍还只是心中的愿景。作为省级文物保护单位,也许,由政府去管理,所有的问题会好办得多,当年市政府也表示非常乐意,但王氏这边还是愿意自己管理。于是,在美国的表姑和她的家人,加上在筑的亲戚,就一直面临很棘手的局面。

她非常坦诚而又无助地说:"……我真的好希望你能够答应我,以后要一直帮助我,好吗?如果你不答应,我真的不知道要怎么办了。"我当然应允,因为之前我就答应过父亲。

表姑对我谈起了她的母亲,我称呼为舅婆的保志宁。她说,"你知道,我的母亲在我父亲过世之后很不容易。她一个人带着五个孩子,要工作,要养家,单枪匹马的对付复杂的社会,还有方方面面,那种困难是我们难以想象的……"

当年王伯群热恋于保志宁时,他曾有过妻室,当时其妻已经过世,但他身边尚有一妾,没有儿女。他向保志宁求婚,保志宁说,我与你结婚可以,但你必须与前妾有个了断,我们清清爽爽正式结婚。王伯群遂与前妾达成协议,分开居住,且不进入王与保两人的生活圈子。1931年6月,王伯群正式迎娶保志宁。此后,俩人共育有五个儿女。王伯群逝世时保志宁才三十多岁,一个人带着五个孩子,先到泰国,转而到秘鲁,都是投奔她的做外交官的兄弟。

王伯群夫妇与孩子（1937）

六十岁时的保志宁

保志宁与长子王德辅

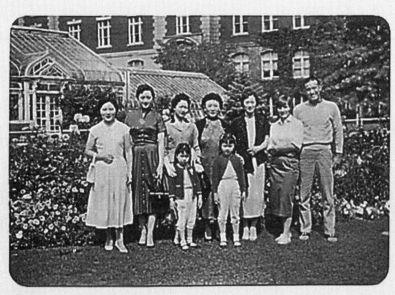

保志宁二女儿（左二）与亲属

兄弟们待这一家人都很不错,相处也好。但保志宁始终认为这一大家人给兄弟增添了麻烦,绝非长久之计;而且再好,终归是寄人篱下,她不愿过这样的生活。她作出了一个决定:去美国,寻找工作独自养家。不久,一个人拖着五个孩子到了纽约州。那时,她已身无分文,只有去信让兄弟寄钱救急。

一份会计工作终于到了她的手上,但一开始她并不熟悉这门业务。长子德辅那时不过十七岁左右,也开始打工以补贴家用。每天早晨,德辅开着一辆旧车,把母亲送到上班地点,然后去自己打工的地方,晚上再顺途把母亲接回家。小的几个孩子上学,由于小小年纪来到陌生环境,各种麻烦事持续不断,"有时这个从学校回家了而另外一个天黑还不归,甚至不知要去哪里寻找;遇到孩子生病时,这个才好那个又病倒。感冒是会相互传染的,最困难的时候,床上一排躺着三四个发烧感冒的孩子,但家里并没有什么钱。"表姑这样对我回忆,"妈妈不去上班不行,但去上班生病的孩子又怎么办……如果是换成我,我想会逼得发疯。"

多子女的累赘已让保志宁在家就疲惫不堪,却还得出门兢兢业业工作。她是会计,账目不能出错,否则丢掉饭碗,还会面临惩罚。看似难以两全的家庭与工作两副担子,压在这个曾经过惯阔太太生活的,柔弱的女人肩上。

女本柔弱,为母则刚。所有这一切的困难,她都只能默默忍受。漫长的几十年中,善良、坚韧、内敛的品格;对子女的爱及希望,成为她内心唯一的凭借。或许为了寻找精神上的支撑,她成为一个虔诚的基督教信徒。

慢慢地,这位五个孩子的母亲工作稳定并收入渐丰,足以养活全家不再需要接济。儿女被她一个个送入高等学府接受教育,此后成材,成家,而她操劳一生,始终守寡,终生未再婚嫁。

八十年代中期保志宁两次回过中国,这位往昔的"民国十大校花",时年七十六岁,且是在经历了种种坎坷和艰辛之后。但当她出现在人们面前时,依然高贵优雅,风度翩翩。见过她的人都啧啧称赞:"那种风采,很少见,很少见。""岁月风霜,没有改变她。"是的,这与见到青春年少的美女比如"罗敷"与"西施"不同,某种程度上,人们看到的是一只涅槃后的凤凰。

联想起著名演员、艺术家秦怡。2002 年,时八十岁依然神采奕奕,光彩照人的她在"艺术人生"接受朱军采访。朱军说,您都八十岁了,还这么美丽,您是怎么能像这样状态的,是保养得好吗? 事实是,秦怡非但谈不上任何保养,反是比普通人遭受了更多的不幸。她的两次婚姻都不如意,丈夫去世后,独自抚养低能的,并患有间歇性精神分裂症的儿子。这个儿子年愈五旬,生活仍不能自理,五十年如一日,她得像照拂幼儿一样,包揽他的吃喝拉撒及必需的教育。她把对不幸生活的感悟转而投进对电影角色的塑造中,表现出坚韧的毅力和让人敬佩的品格。其间她患癌经历了几次大手术,捡回一条命。秦怡说:"这么多的磨难,想来人会很憔悴,但是我好像天生不会憔悴。"

人皆血肉之躯,谁都不是特殊材料制成,但为什么上九天下地狱,仍能在七、八十岁时依然美得让人倾倒? 在这里,人的品质与性格,起着决定性的作用,与颜值全然无关。圣经上说,"患难生忍耐,忍耐生历练,历练生盼望。"或许正是这种由内向外的源泉,让秦怡、保志宁这样的女性,任凭风刀霜剑严相逼,任凭伤痕累累斑迹重重,她们始终能从自己身上获得"天生不会憔悴"的滋养。

旁人很难想象德龄表姑这样一个十分独立、有思想、有头脑的人，只要一谈及母亲，为什么就变成了十足的小女孩。"我的母亲说，""我的母亲说了，"是她的口头禅。什么事只要是母亲保志宁说过或曾经说过，就决不能改变，就得照办。她口中的"我母亲"常让我想起大观园中的贾母，那是位绝对权威，只要是"老太太说了，""老夫人说了，"便如同圣旨。我们因为了解一些情况大体还能理解，但像表姑这样成年以后仍然近乎顽固地执着于"我的母亲说，""我的母亲说了"的，的确也很少见。

谈着话我们来到圆顶房黑灰色的房檐下。表姑抬头对着这栋房子四处望了又望，仿佛望见了她的父母和早年的家。当年，在贵阳首屈一指的这栋豪宅里，有她们兄妹五人和父母，还有厨师、保姆、花匠等，是一个热闹舒适的大家庭。更加由于主人的身份与事务，所以经常门庭熙攘、高朋满座。据德龄的哥哥德辅回忆，家中吃饭时经常要摆六七张桌子或七八张桌子才够。1944 年黔南事变，王伯群带领大夏大学由贵阳北迁赤水，从此再没能回来。而保志宁应是在 1945 年后才带着孩子们离开这栋房子，出国投奔她兄弟的。应该说，这个家庭每个成员最美好最难忘的记忆，都是在这栋圆形房顶的屋盖之下。

表姑边看边眼泪汪汪地说："只要能把圆顶房的事情办好，让我的母亲从此不再烦恼，要我做什么我都愿意。"

为了按母亲的意愿筹办纪念馆和图书馆，表姑曾打算在中国买一部分图书，再从美国运来一部分图书，甚至连如何防止书籍丢失的一些细节都想到了。但是，故居地皮上的违章房不拆除，所有的计划不得不搁浅。

她对一些亲戚或朋友协助故居所做的工作不满意。对我这样说："……我这几个亲戚啊，做事情怎么这样？这是个做事情的样子

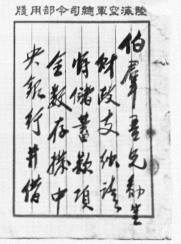

王伯群往来信函之一

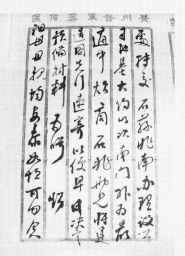

王伯群往来信函之二（第3页）

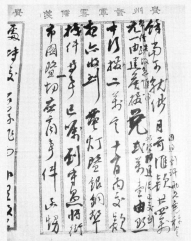

王伯群往来信函之二（第2页）

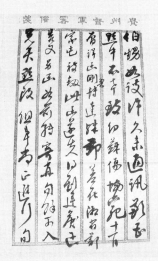

王伯群往来信函之二（第1页）

王伯群往来信函之三

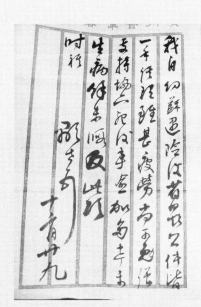

王伯群往来信函之二（第4页）

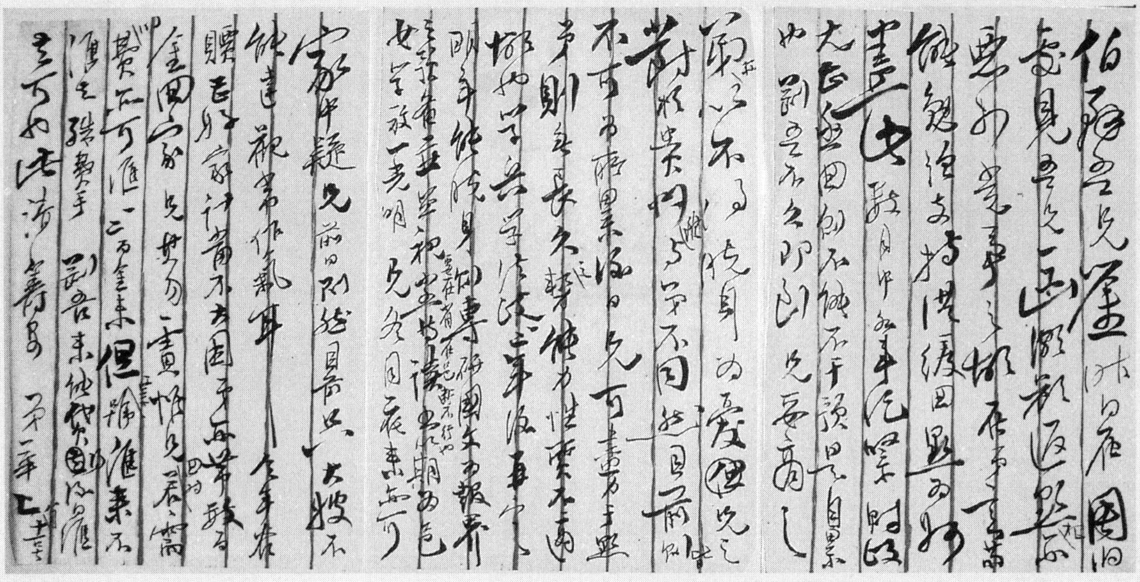

王伯群往来信函之四

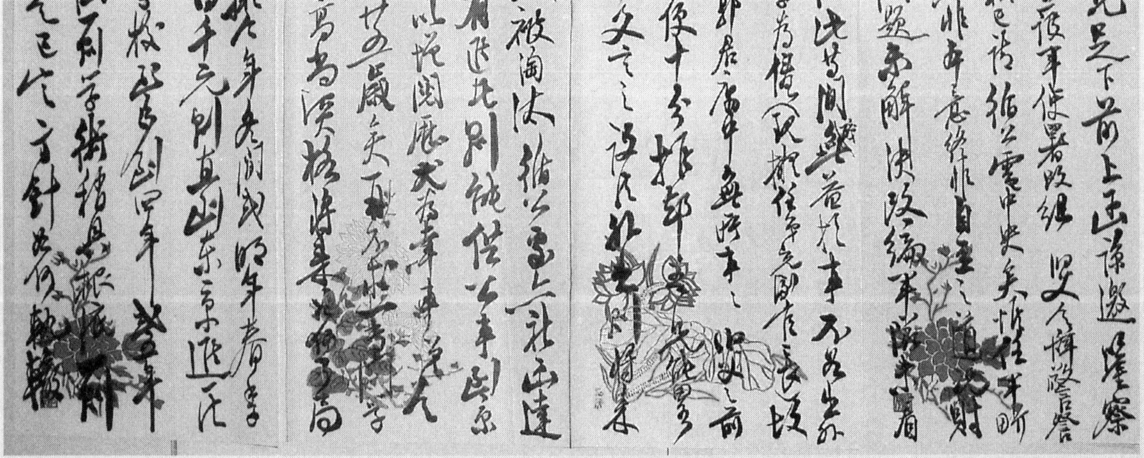

王伯群往来信函之五

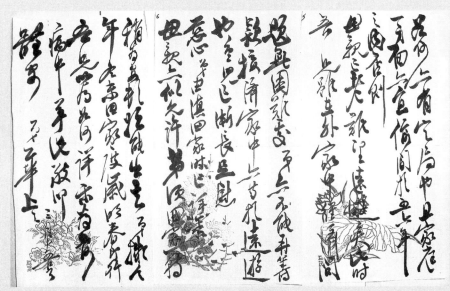

王伯群往来信函之六

吗?"她边说边摇头,很不以为然的样子。我则被弄得很诧异,我不就是亲戚吗? 而且我就站在面前,怎么能这样说人呢? 虽然知道她素来喜欢批评人,但也不能当着面如此数落,难道她不懂这个吗? 或是明明懂,却仍然觉得可以无所顾忌——如果她心里是这样想,那么就是在以俾倪一切的眼光看待周围的人包括亲戚,当然也包括我。这样想着,刚才还跟她很贴近的感情,悄然游离了。

我只好默然。权只当成她的个性。不过为什么她话里似有一层迷雾? 让我摸不着头脑? 或者说,似有层窗户纸需要捅开? 因为不管怎样她不应该当着我说这些话。但那时的我每天都很忙,实在既没时间也没兴趣去多想。我的原则是,反正她有事就帮她,其他的用不着去深究。

眼下我和她站在房檐底下,她今天想要做的,是为她的家,也就是整栋圆顶房,作一遍彻底大清扫。这需要找到足够多的清洁工。那时保洁公司之类还未盛行,要一下找这么多工人还真不容易。我想了想后折回所在单位,通过一位熟悉的工人去找到了十几位工人,

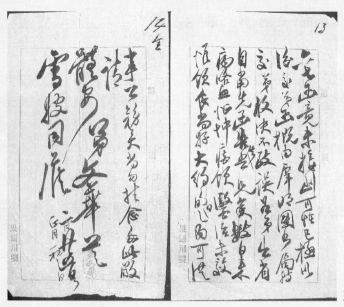

王伯群往来信函之七

然后带领扛着各种扫除用具的他们浩浩荡荡返回王伯群故居。

以往我陪父亲来过这里，但我从不想进屋。这座古堡似的圆顶房因已若干年无人居住，从里到外阴萧萧、冷瑟瑟，让人望而却步。

这一天，我走进这扇终年紧闭的大门。沿着有红木雕花护栏的木踏步拾级而上，我的呼吸和脚步都似乎变得异常。王伯群当年建成此房后，这里自然成了政界军界商界要人的来往之地。兴义刘、王、何三大家族中大量权贵人物会常来常往，何应钦夫妇更是这里的常客，因为何与王氏兄弟关系密切。王电轮在他被刺身亡之前自然免不了是常客，因为他的官邸就在隔壁。以我自然的推想，1917年后贵州近代史上凡有王氏兄弟和何应钦参与的、功罪任人评说的大小事件，还有刘显世居住时政界、军界发生的大小事件，应该都在这里纵横捭阖，运筹帷幄。

而历史并未远行。

就在前几天与王氏房产代理人吴老先生见面，他当时是大夏大学中学部主任。说有一天他来这里找王校长，何应钦就在里屋午睡。

　　　　　　　　　　　　　　　　　　我的美国表姑

吴先生刚刚进得门来,何应钦的那条大狼狗便不声不响地扑了上来,将两个前爪搭在吴先生肩膀上。那条狼狗站立起来高过人头,吐着红舌,吴先生在惊骇中冷静下来,不动,也不喊,与这条狼狗四目对视。过了一阵,狼狗慢慢滑下两前爪,放过吴先生,一场虚惊总算平安过去……

此时我在这里环顾,自然不会有何应钦在里屋午睡,也不会有他的大狼狗扑向我,但静寂的四壁内,明白无误地有一股沉郁而浓厚的历史气息,迎面向我扑来。地板、墙壁一直到高敞的屋顶都是空空的,仿佛一个时间隧道,有心的人,似能从这里听到历史空谷中传出的回音。我在这里每走一步,似乎都会搅动久已沉淀的历史尘埃,我的每一次呼吸,似乎都会惊动先人们早已安息的在天魂灵。

更让我内心感叹的,是我的外公和我母亲,也曾一度住在这里。

"民九事变"后,原贵州督军兼省长刘显世被驱逐,王文华与王伯群开诚欢迎周素园回贵州,共举振兴贵州的大业,外公携着孩子们于1921年10月回到贵阳。此时,他们就暂住圆顶房。

二十年后,1941到1942年,大学毕业不久的我母亲也住在这里。

那时有一个"战时儿童保育会",由宋美龄、邓颖超等发起,宗旨为保育抗战时期难童。从1938年成立到抗战胜利后结束,保育会在艰苦的条件下对大量因战争失去亲人,无家可归的受难儿童进行了救助、培养,为保护中华民族的未来人才和抗战救国做出了巨大贡献。全国最早成立分会的有十三个省,贵州是其中之一。当时表姑的母亲、王伯群夫人保志宁是"贵州战时儿童保育会"会长,我的母亲周贞一在该会担任秘书。

中華民國十七年七月將開交通會議時攝

王伯群（1928年）

作者母亲（前排女生右三）与西南联大同学

大夏中学信义级友别後八年重聚攝影 卅八年六月十一 于贵阳

作者母亲周贞一（前排左三），父亲赵发智（中排左三）与大夏友人

也是在这期间，王伯群把我外公再度接到王公馆，商议一些政治上的要事，此时是王电轮辞世二十周年。如此，外公和母亲当时都住在这里，这就是我进到这栋古宅别有一番感触的原因。

置身这座楼内，四周沉寂无比。幽远的思绪与幽暗的环境让人有些胆寒。我离开主楼，踱到塔楼内的圆形房间，一边呼吸着那同样稠得化不开的沉寂，一边继续遐想，八十年了，我的母亲当时住在哪一间？外祖父曾住在哪一间？那时屋子里的摆设是些什么？

我的父母相识就是在这段时间。再后来两人确立了恋爱关系。周素园的女儿要嫁的夫婿恰巧是刘显世的侄孙、刘显潜的外孙，这事当时不是那么容易让所有亲人都接受，尤其从幼年时代就因刘显世等的迫害跟着外公流亡，深受其害的我的姨母们。九十年代末我在一篇文稿中提到，说我父母的婚事中没有发生罗密欧与朱丽叶的悲剧，还被我的一位老辈子发难，可见当时压力确实不小。但不管怎么说，当时的两位年轻人最终还是结为夫妻，成为我的父亲和母亲。这其中，我的外公表现出了最深沉的父爱与最开阔的胸襟。

距对故居进行大清扫约一、二个月后，表姑又从美国飞抵贵阳。

以往回来她都住宾馆，且不断变换地方，省城各大宾馆如佰顿、贵龙、鲜花轮换去住，说如此可考察贵阳的宾馆业，好发现不足提出来让人改进。

但这个寒风凛冽的晚上，刚下飞机，她便宣布这次不住宾馆了，要去住圆顶房，也就是去住"省级文物保护单位王伯群故居。"

搞清耳朵没听错后，大家力劝她万万不可，因为这太离谱，而且很不安全。

表姑则坚持说："有什么不可以？我去住我自己家里，难道这还有什么不可以吗?!"实在要去住,我只好说我去陪你,她不要;堂妹夫在一所大学教英语,是我们中唯一英语好的人,他说那我去陪你吧?她摇头,不屑地说:"笑话。我住我自己家里还要人陪?!"说罢在饭店门口和大家分手,背着她鼓囊囊的行包上了一辆出租车,转眼消失在子夜的长街。

"这真正是开国际玩笑!"在场的吴老先生又气又急。其余人无不摇头叹气,我则抬眼望向夜空:天呐! 这是什么样的思维,什么样的胆量?

没有星星的夜空如墨样漆黑。这个寒冷的冬夜,有个女人漂洋过海,以一介现代活人,独自去与幽闭多年的圆顶房,与余音绕梁的历史故事和久已沉睡的先辈魂灵——共眠。她不仅穿越了地球上东西两半球的空间,似乎还穿越了身边似水流年的时间。

我不知今夜她一个人在那栋百年古宅中怎样度过,会遇见什么,只有一点可以肯定:今夜我注定不能入睡。

黑夜中的圆顶房显得更加阴幽,因而让人恐怖。二楼的两个房间有一些生活用具,但从无人住过,其余各层楼中的大小房间全部空空荡荡,房子的周围又没有人。一个美国人,对贵阳社会和周围环境都缺乏了解,把自己孑然一人置身于黑夜森森的老宅中。这一夜,她身边有两个隐患,一是内部的幽秘环境,如她只是心血来潮而无强大的心理素质,半夜里她可能无端的被吓醒,甚至惊叫;二是外部的治安环境,夜里如有歹人趁机潜入,后果不堪。

若干年后我理解了表姑。那不是一时的心血来潮,也不是所谓胆大,那是出于她内心深处一种对家的渴求。在心底缺失了多年,属于"家"才有的东西,只有"我去住我自己家里",才会寻觅到,感受到。

移开有点"狂傲不羁"的个性表象,表姑有不为人知的孤独内心。

保志宁过世时王德龄（左一）与部分亲朋在纽约

她没有结婚，没有家庭，舅婆去世后，她与美国的亲属之间来往更少。背着行囊，长发齐肩的孤孤单单的身影，经常在世界某地的机场登上飞机，从地球的这端飞到那端。天马行空，独来独往，看似洒脱，其实寂寥。不出差时，总是一个人住在纽约的寓所，独对孤灯照壁，默听冷雨打窗。人心底总会渴求亲情和家庭温馨，既在美国求不到，在中国却会有，在家乡却会有。这里有她的家，有那栋矗立在常春藤堡坎之上的圆顶房，甚至有因她父亲和叔父的功绩而命名的护国路。贵阳给她的归宿感是世界任何其他地方都不可能有的。

"一个人为寻求他所需要的东西，走遍了全世界，回到家里，找到了。"这是生于爱尔兰的钢琴家穆尔说的，也许正好说中了表姑的内心。

但是这几回，千里万里的，回到贵阳，走到自家屋子跟前了，到家门口了，却要老去住宾馆，这还是回家吗？"去住我自己家里"，这个决定让她一心只奔家而来，这回要来一个完全彻底的，真正意义上的"回家，回家"。

为了这，她毫不惧怕也勿需考虑那已然成为"文物"的圆顶房内外，别人眼里存在的种种忧患、冰冷与死寂。

天刚蒙蒙亮，我便打表姑的电话，真生怕那头会不会没有了动静。电话里传来她的呼吸声息，我赶紧问，你还好吧？她答："还好。"那声音很弱，很哑，上呼吸道完全不通气，听去像一个被割掉了鼻子的人。我在电话的这头仍还捏把汗，不知她是怎么了？只听她在那头断断续续地说："啊，我没想到会这么冷，风好大，完全冷得不能睡。我一夜都在打扫卫生，我把那些窗户又擦了一遍。"

我的心总算放了下来。

但我不能问这一夜除了冷与风，是否还听见和看见什么？或说想到些什么？像我一样？我心想表姑倒是没被吓着，但若干年门窗紧闭、夜来幽黑无声的一栋古宅，那个晚上突然有灯，窗户通夜晃动一个长发女人影影绰绰的身影。她，会不会反倒把看见这一幕的人吓着呢？

表姑这次"回家"，以美国人平时最害怕的感冒，而且是彻底感冒为代价。第二天，她去宾馆开了房间。

第五章

"我只做好事"

三月的风,从长满嫩叶的林梢那边吹来,拂过河面,拂过人的面颊,这风不再寒凉,却携带着新叶与阳光的气息。相隔万里之遥的纽约和贵州同时在这春风里感到了暖意。这是1998年的春天。

　　这时,在纽约某闹市区,有人一下子租了十间办公室,安排了工作人员在那里招募志愿者。办公室牌子译成中文的意思是:"国际贵州朋友会"。一位眉清目秀的,笑眯眯的华裔女士经常站在那里向人们游说,她介绍中国,介绍贵州,反复说得最多的一句话是:"Guizhou provice is my Hometown, I Hope you all go there to see."(贵州是我的家乡,我希望你们都能去那里看看。)

　　这位女士就是我的表姑。"国际贵州朋友会"是她发起组织的,凡愿意和中国贵州做朋友,能够为贵州的发展出力、献策的人都可以报名参加。

　　如果说,表姑当初回国是为了王伯群故居即圆顶房的种种有关事宜,等她到了中国,尤其是回到家乡,她却发现了,原来她可以为家乡做很多事,尽很多力。于是,她找到了回国的真正价值,找到了能量释放的地方,甚至找到了她感情寄托的地方。

　　这年春夏之交,我们得知她早已回到贵阳,但却是连影子都见不到。一天,她突然来电话约见。

有大半年没见到她了,看上去情绪高昂,精力旺盛,但衣着更加随意,说话做事的频率更快。但我觉得表姑最明显的变化,是她不再对中国社会感到那么陌生,出去办事还要我们充当"翻译"。她现在直接通过省外事部门或有关部门,以她美籍华人的身份,经常带来一帮老外,在省里或市里忙出忙进,越来越显示出了她原本就具有的社交能力和活动能力。但这一切并不是为了她的家,她的圆顶房,却完全是为了额外冒出来的,她认为更紧要、更重大的社会活动。

　　这天见面,她主要是把圆顶房的事进一步委托给我们:"你们知道,我回来一个多月了,都没有时间和你们,还有和大家,见见面。"她略带抱歉地笑笑,接着说:"后面我会很忙,而且会越来越忙。"说到这句话尤其是"忙"这个字,她微笑起来,脸上现出两个酒窝,眼睛也显得亮亮的。看得出那些"忙"不仅不让她烦,而是让她很开心,很有成就感。"所以,圆顶房这边不管有什么事,总之所有的事,只有请你们帮着多做一点。我至少在一段时间里,肯定是顾不上这头了。"

　　我和先生一时语塞。我把眼睛从她那放着红光的脸上移开,望着地面。心想你不远万里的一趟趟跑来,放着自家的一摊事不管,却要全力以赴去管那些不相干的?你一个美国人,在这里又没有什么责任,更没有谁对你提什么要求,这样热心热肠,不是太有点……一厢情愿、自作多情嘛?该管的事不管,不必管不该管的又去倾尽全力,这不是明明的本末倒置嘛?而且,有时候,你出了力尽了心,还不一定会有好的结果。我们把心里的这些想法明明白白地给她说了,说得真诚又坦率,虽然这些话不是太好听。

　　谁想她听后一点不生气,我甚至感觉她基本没有听进我们的肺

作者与丈夫（1999年）

腑之言。仍然是那样情绪高亢的谈起了她的一些感想，末了总结似的说了这样一番话：

"只要对地球有利的事，对环保有利的事，对社会有利的事，我都会去做。我只做好事，不做坏事。所以我问心无愧。"

她说这些话时脸上笑意盈盈，两个细长的眼睛便因此眯起来，那笑靥让人感觉少有的纯洁、干净，让人甚至联想起初生婴儿脸上的笑容。

乍一听，她这番话似乎太"高大上"，其实不然。她这里所说的三个"有利的事"、"做好事，"可用另一个词表述或概括：做公益。公益，就是公共利益，做公益就是为了公共利益，公众的利益，不图名不图利尽力而为，这特别需要奉献精神和自我牺牲精神。国外做公益很普通也很早，在中国，这是一个后起词。百度百科的解释是："公益是公共利益事业的简称。这是为人民服务的通俗说法。指有关社会公众的福祉和利益。"表姑这以后在中国倾力所为的许多事都属于公益事业。但她自己很少说"公益"，更从不说"为人民服务"，她说的是

"我只做好事。"

多年后，联系她长期的所作所为，我认识到，那段话，是她对我们的一种真情的内心告白，或说是她自身价值追求的一种自然流露。

她认准了要做的事，往往出手就是"大手笔"。这两年，回了几趟中国，走了不少城市，她对自己的祖籍国有了很多感性认识。尤其是回到贵州，看到她父亲出生、成长及父母共同生活过的地方，给她带来从未有过的触动。她内心的乡情愈来愈浓，为家乡出力的那腔热诚越来越炙手可热。从那以后她就在思考，能为中国做些什么？能为贵州做些什么？在她看来，在纽约租十间办公室并不算多，如果有条件她会在更广更大的范围内去招聘。她内心真巴不得振臂一呼，应者云集，用她的话来说是："大家都来帮忙贵州！"

就这样，"国际贵州朋友会"在纽约招募到不少热心人士。

接下去，作为发起人和组织者，又是引见人，表姑得一趟趟带领这些来自各方面的大洋彼岸的志愿人士远赴中国，再直奔贵州。她分批带来的有经贸、教育、环保、能源等方面的代表团或专家，来后由有关方面直接安排与省里或各对口系统洽谈，有的到各专地州考察。那些年，她虽常常回国，但忙到与我们见面的时间都少有。当时的省领导们逐渐熟悉了这位风尘仆仆，总是背着个鼓鼓行囊的美籍华裔女性。他们对她所做的一切，一再给予高度的肯定和赞扬。时任省长吴亦侠多次与她会见，叙谈，我们虽难得见到她，但在《贵州新闻联播》里不时会看到省长和省的其他领导接见她的报道。

开始时，省领导们对她的称呼，是与省外事办一致，客气礼貌的"王教授"。到了后来，见面次数多了，彼此越来越熟悉了，与她打交道最多的、时任贵州省政府秘书长、省政府办公厅主任陈大卫，对她的称呼不知不觉间改为开口闭口直呼"德龄"，而她也对他直呼"dai-wei（大卫）。"

恰在这段时间，她的老家圆顶房周围乱象频发。其一是某单位联合开发商要在故居紧邻处修建 26 层高的商住楼，这显然违反了国家的文物保护条例，因为在文物周围建楼高度不能超过其高度，且风格要与其一致。表姑虽经常回贵阳，但忙得无暇顾及，就靠我们和其他亲戚去应对处理。我们以一介平民百姓身份，去与那些开发商、规划局、房管局、文物局打交道，难度自然可以想象。有人提醒她，现既与省领导那么熟悉了，找机会把圆顶房的事与他们谈谈，不就容易解决吗？她一再摇头。在她心里，此事不能相提并论。更不能因对贵州发展出力了，就把自家的私事趁机放进去要求解决。

其实，作为一个省级文物保护单位，这又怎算完全的"私事"？何奈我们中没有人能说服她，她也从来不去开这个口。

如果表姑带过来的是她的朋友或熟人，而且在贵阳留居的时间又较宽裕，她便会带来与我们打交道。

贵阳龙洞堡机场通航时，她应省里邀请飞来参加"5·28"通航典礼活动，这次带来美国的太阳能工程师。太阳能环保，且是可再生能源，而环保与节能一直是她致力推动的事业。考察下来据说云南的日照时间比贵州长，太阳能的发展更具潜力，工程师们转而去了云南。

另一次她带来二男一女，都是城市建设方面的专家，年轻小伙叫契洛克。白天他们出去考察，我们上班，到了晚上大家就汇集在一起吃饭。会讲英语的只有堂妹夫，其余人都需要翻译，很让她忙不过来，我们不会英语的再次受到无形的鞭笞。他们除了考察城建，有空

作者儿媳在贵阳王伯群故居（2016年）

作者丈夫在上海愚园路王伯群故居

时就去了某几个县的乡村,那恰好是我们都知道的贫困县。我个人认为他们去那些地方不妥,那会看到落后与贫穷,那可能会让他们产生对中国的误解。在外人面前,一个中国人总是希望他们多多看到我们好的方面。契洛克知道了我的意思,就反问:"那么你休假的时候是喜欢到哪儿?"我不假思索地回答:"乡村啊。"他说:"那就对了。我们也是作为休息,为什么不去乡村看看？那里有清新的空气,美丽的风景,我甚至还看到了'牛'。牛,这样子,这样子在地里耕地。"——他用双手在自己的两耳边比划,代表牛角,身体向前倾,模拟牛在用力的样子。看来,他是第一次见到牛,以及牛在耕地。他兴致盎然地比划,让大家禁不住发笑,而我,却有点笑不出来。

另一个晚上,吃饭之前,表姑与其中年长的那位先生不知因何事意见相左,俩人先是争执,而后变成激烈争吵。活泼的契洛克只好在这两人身边转来转去,一边拼命"喔——喔喔"地学鸡叫,想以此来缓和他们的情绪。

契洛克的鸡叫声虽很滑稽幽默,但不抵一个人的电话有效,一

　　　　　　　　　　　　　　　　　　　　　　　　　我的美国表姑

直在贵阳用英语与表姑神秘通话的那个人，此时来电话了。表姑放弃刚才的争执，在电话里一边与之用英语交谈，一边声音变得平静温柔，不一会微微地笑了。老外们耸耸肩，摊摊手，表示这下好了，一切ok了。我与先生相互望望，很迷茫。这是谁呢？是男是女？是老是少？中国人还是外国人？当然，像过去一样，不该问的只好一律不问。

那两年，表姑心目中似乎把圆顶房，把她自己的家都忘了。反倒是我们几个，因为受着她的反复嘱托，所以一直在管理着故居的事。只有一次，因为她说了要维修，这方案得要她去拍板才能最后定，所以好不容易把她从外面的事务中拉了回来。那天在圆顶房，谈到过往的一些维修和管理，表姑又开始批评人了："我的这几个亲戚啊，怎么是这么做事情，我都不知道是怎么做的……"奇怪，这事仍是当着我讲。又来了，我想。表姑怎么还是这样呢？这不是有点"当着和尚骂秃子"？我心里不乐。她一说此话，我就会感到面前有层"迷雾"。另方面，有点替表姑想不通，一个在外面行事如此高尚大气的人，怎么恰好就不注意亲戚内部的为人修养？

我对她解释说，之前做这些事的人也都不容易，有的上着班，有的上着学，然后抽空过来管事，何况面对的都是这样一些难啃的骨头。没想她进一步发难，口气很强硬："可是你为什么和他们不一样？你做事都能做到这样的程度，他们为什么不能？你不也是上着班吗？真不明白我这些亲戚。"这番话是听得我越发的糊涂。她虽说是在认可我个人的做事，却同时又把我归于被批评的集体，可谓概念不明，逻辑不清。当着面马上褒扬又马上贬损，两样都发自她内心，都很真实。究竟是什么原因让表姑如此？真的搞不明白。

表姑对圆顶房的维修要求很严,甚至可以说是苛刻。之前的一次维修,在房顶圆弧和塔尖那个标志性的部位,施工的工人怎么做都回复不到原来的效果,包括我们看去都过不了关。表姑让工人一次次返工,不管那要花多少钱,也不管那已经返工过多少次。最后还是不得不遗憾收场。也许因为这,她虽专门抽时间到圆顶房看了,却还是定不下来。"请专家",她决然地说,"只有请很好的古建筑专家来看了,最后才能确定"。

1999 年 12 月,表姑带来了意大利大理石代表团。团长波拉堤(Enricl Bonatti)是美国知名学者、教授,约接近七十岁的年纪,他也是意大利国家研究院海洋地质研究所所长,"国际贵州朋友会"副会长。高高大大的个子,半长的灰白色卷发披在颈后,儒雅而谦和。说起来,波拉堤还帮过我的忙。一次我急需给在法国留学的儿子汇款,从中国汇最快要一周,且手续麻烦,表姑请波拉堤从意大利汇,儿子当天便收到了汇款。

一位先生是 Palla Blasi 博士,国际大理石及工程机械协会代表,另外年龄约都在五十左右的两男两女都是意大利比萨大学地理科学系教授。代表团一行六人到贵州考察大理石资源,就大理石的开发、销售与有关方面洽谈,并与贵州省地矿局联手,在贵州饭店举办学术讲座。这是省地矿局第一次与来自意大利和美国的专家合作办学术讲座,双方各有分工。我、我先生与堂弟妹应邀请成为客方的工作人员,拟发相关文件,"拉人"去听讲座,协管相关会务。

比萨大学的三位专家用多媒体分别讲授了"大理石地理学";"大理石的国际标准";"大理石的商业问题"。我和先生拟学术会议通知时,把第一和第三项表述为:"大理石的开采技术和加工技术"、"大理石的相关机械及市场营销策略"。可能这太中国化了，不符合他们的标准，也可能是与实际讲述的内容有差别，所以表姑又改了回去。

当天在紧张准备会议和会议的进展中时，都有不少事需要表姑，她虽不去具体作讲座，但她当然是这次会议的灵魂。奇怪的是谁都找不见她。我心里很埋怨，真是太奇怪了，这么重要的时候，你又跑到哪里去了呢？反正只要一回到贵阳，她总是会有避开众人的神神秘秘的行动。老外们一边忙碌着准备会议一边彼此询问："where is deling?"没有人知道；过了好半天，会议已经要开始了，还是这种情况，到处找不见她。波拉堤着急了，张着两只大手跑到我跟前发出同样的询问："where is deling?"我只好抱歉地摇摇头。

其实，她打了一个电话后，便匆匆忙忙地出去了，没告诉任何人她要去哪里。那样子，好像是去看望什么人，又好像是有什么人，就在附近等着她。

这些年，表姑"我只做好事"的范围日渐扩展。她有时成了一个多管闲事，爱管闲事，又不太被人理解的老外。

她不用聘请义务做了酒店的"试住员"，这事坚持了多年。每次回来省城各大酒店轮换去住，之后给出意见。某酒店垃圾没有分类不利环保；某酒店没有配备客人逃生的防毒安全罩；某酒店马桶渗水、顶灯太亮；如此等等。她对管理人员说："这些小的事情处理不好，外国人不会来住，中国人来了住起也不舒服。"管理人员有的会洗耳恭听，毕竟她的意见是中肯的。有的心里不耐烦，而且脸上也表现出来了，她却不在乎人家的态度，仍是那样笑眯眯的，不紧不慢的，把对方的不足之处一样样拎出来。

有次我和她走在路上，街边一商店上方竟赫然挂着"人体批发部"几个字,再"开放"不会"开放"到"批发人体"吧？愕然中搞清楚原来是"文体批发部","文"字的上面部分掉了。我摇摇头走开了事。她却走进去拉住了老板,指他看:"你看,这都掉了,这个样子不好吧?"

在贵阳街头,只要她遇见乞讨者,必然掏钱送上。柏顿酒店不远处往一条小街拐角的地方,常会有三三两两的乞丐,由于她经常送钱,有乞丐甚至就站在那附近等她。街头乞讨者情况复杂,有确实困难的,也有"职业乞丐",佯装各种可怜相,而实际收入十分可观。表姑不大相信,只要遇见,还是照给不误。一天黄昏时分我和表姑、堂弟三人从柏顿出来路过那里,两个乞丐看到她,老远便从蹲着的地上站起,讪讪的带着卑微的笑容迎上来。我转头看表姑,揶揄说:"大施主来了。看把他们乐的。"堂弟说:"看得出来,他们直接是在这儿等你。"我连拉带推,让她避开了那两人。走过来后正想着不错,今天表姑还挺顺从,却见她一手在衣兜里掏着一边喃喃低语:

"一会儿,我得到银行去换钱,我兜里没有什么钱了"。

她讲的换钱,是到银行用美元兑换人民币。

下午,学术会议进入讨论环节的时候,神秘消失了好一阵的表姑笑容可掬的出现在会场上,捧着意大利产的无花果干和巧克力招待与会者。那天她穿了一件黑灰色带暗条纹的西装,里面是浅色衬衣,下身是黑色西式裙和黑皮鞋,黑色的长发披在肩上,看去十分知性、优雅。相比起她平时随意自在的穿着,这几乎是她在我记忆中唯一的"正规"形象。

会后在北京路顺时大酒店晚餐,有七八桌。专家们分散坐,为的是每桌有一位意大利或美国朋友,能与大家充分交流。这样的安排是表姑的主意,她总是在随时随地的,好心的想让身边的中国人多与外国人接触。但这时问题也来了。绝大多数人是第一次与外国人坐一张桌上用餐,态度都很拘谨。更加只有个别人会少量英语,而来自亚平宁半岛的专家们完全不会说汉语,因而每桌的气氛开始时都局促、不自然。

好在大家慢慢从不知所措中解脱出来,相互用手势比划,有人着急了进出一二句结结巴巴的从来不出口的英语,有时大家发出笑声。表姑和堂妹夫这天跑来跑去不知照料哪桌是好。坐我身旁的参会者长长感叹说:"呀,所以说外语重要啊,一定要学好外语啊。"

学术活动在某大学请了两位青年担任翻译,吃饭时他们因事没能赶来,等来时正值所有人都吃完喝完,正在起身走人。表姑听之汇报完相关事项后说,辛苦了,现在请你们坐下来吃点东西吧。她说着很自然地往桌上做了一个"请"的手势。

桌上还有很多剩菜,有的菜品根本没人动过。男的没说什么,女的那位用眼睛扫了一眼饭桌,刚才还和颜悦色谈着话的脸突然就沉了下来,接着面对表姑十分义正词严地说了句话,那是一字如一钢球,掷地有声:

"对不起。我们从来不吃别人吃剩的东西"。

表姑像挨人打了一闷棒,没法吱声。我在旁边,明白那话里有潜台词,其意是:"对不起,我们从来不吃别人,尤其是美国人吃剩的东西"。按国内习惯,此时要另备饭食,哪怕让酒店去煮出两碗面条。但表姑是美国人,最主要她是坚定的"环保人",在她心里,珍惜资源、保护环境、绝不浪费,这种意识和心态已成为执着的习惯。此时既然桌上还有那么多东西,当然是可以吃的。

三个人无言地站在桌前僵持,各人的面部表情都很冰冷。然后两年轻人饿着肚子忿忿然转身走了。

　　我想起表姑和我们吃饭的情景。如果他们知道这位美国女人经常很自然地吃中国人吃剩的饭菜,他们,尤其那位女孩子,心态会平和很多吧?

第六章

叔　父

在我外公诞辰 120 周年之际,中共贵州省委、省政府、省政协、省委统战部,共同举办了"周素园先生诞辰 120 周年纪念会"。

时间是 1999 年夏天,地点在贵州省政府礼堂。那天估约三百人参会,规格够高,规模够大,会场布置也很隆重。作为亲属,我们被邀请参加。那时表姑也在贵阳,她听说后,便很踊跃地要求和我一起去。她近似谦卑地说:"我能和你一起去吗?我太想去听听这样的一个会了"。

这样,她和我并排坐进了会场,一起聆听会议,一起感受气氛。

这么多人坐在一起怀想、纪念周素园,让我想起另一个也是为了周素园而人们出动、聚集的场景。那有很多人,比眼前多得多。一位自小在贵阳长大的朋友,告诉我当年给她留下深刻印象的一幕:"那时我小学快毕业了,我和我爸妈都参加了送别周素园。我们站在街边,好长好长的街道两旁全是人,大家都自觉地佩戴着白花,没有一个人说话,没有一个人发出声响,那种气氛非常凝重,肃穆。在我少年时代的记忆里,这是留给我最深的印象。"遗憾我当年在外地没来参加,只听母亲描述过,在现场感受上不如我这位朋友。后来,我找到了一张 1958 年 2 月 7 号的《贵州日报》,上面报道了外公安葬那天的情景。

送别周素园的场景之一（《贵州日报》1958年2月7日）

　　"扎满素彩花环和悬挂有周素园先生遗像的灵车于9时3刻在爆竹和哀乐声中起动。执绋的有周林省长和省市党、政、军及民主党派、人民团体的负责人。从市人民会场门口起，到喷水池、中华北路，直至六广门的大街两旁，站着成千上万送葬的市民群众，在灵车通过时，都肃然起敬。"

　　"在2月3、4、5日瞻仰周素园先生的遗容期间，到灵前凭吊和瞻仰周素园先生遗容的共一万七千二百九十二人。在此期间还收到花圈一百五十九个，挽帷、挽联五十副。"

　　实际上，曾向我描述当年他们参加了这场送别的不止一二个人，有人甚至说，"我就看见过那一次，以后再没有见过那种场面了。"

　　时隔四十余年后，在"周素园先生诞辰120周年纪念会"的红色横幅下，再次聚集和坐满了人。

　　会场上，有多位人士发言，分别介绍了周素园的基本情况、革命生涯、学术思想及其成就。然后，时任省委副书记王三运作纪念周素

五十年代时期的周素园　　在贵州省政府会议上的周素园（五十年代中期）

园的长篇讲话。当他说到周素园为"年高德劭的著名爱国民主人士、
贵州人民的优秀儿子、一代知识分子的楷模和我们学习的榜样"时，
好大一阵没有吱声的表姑突然移过来，一手抱住我的头，一手挡住她
的嘴凑在我耳边，于是我耳朵里飘来一句悄悄话，虽声音很轻，但语
气异乎寻常的庄重，而且一字一顿，听去像是她从心底发出的誓言：

"到我父亲，120周年的时候，我也要开这样的纪念会。"

外公是解放后贵州省第一届人民政府副主席，副省长，参加领导
贵州辛亥革命，曾随红军长征到达延安，解放后又为贵州社会主义建
设作出了贡献，用正清晰地在会场里回响着的王三运书记的话来说：
"周素园先生的一生，是进步的一生，是坚持革命的一生，因而是光辉
的一生……人民不会忘记他，历史不会忘记他，中国共产党不会忘记
他。他的名字和业绩永远铭刻在贵州大地上，各界人士和广大群众
都可以从中吸取巨大的精神力量……"唯其如此，才会有这样隆重的
纪念会。表姑是美国人，她要为在国民政府中担任过要职的父亲在
中国组织大型纪念会，这现实吗？方方面面是否都不太可能？所以

周素园诞辰120周年纪念会会场一角（1999年）

周素园诞辰120周年纪念会主席桌（1999年）

周素园诞辰120周年纪念会会场一角

周素园故居，贵州抗日救国军司令部内院

周素园故居门厅

周素园故居内场景之一

在上海参加王文华逝世八十周年纪念会的部分人员（2001年）

我认为，表姑虽有心意，但最后可能会落空。她也就是此刻，因触景生情，头脑发热而已。

仅一年多后的 2001 年初，也就是表姑的叔叔王文华遇刺后八十周年，她出人意料地在上海举办了"王文华（电轮）将军逝世八十周年纪念会"，之后又带着人到了杭州为王文华扫墓。

很少见到由私人出面，耗费财力，带着众多的人们去外地开会、扫墓。这令不少人感到迷惑和新奇。表姑为什么要这么做呢？实际情况是，在那个阶段，她的"国际贵州朋友会"的活动已基本告一段落，下一步，热心公益的她，正在寻找新的活动方式，以便能继续去尽力。她之积极地要求与我一道去参加周素园纪念会，无形间从中受到极大启发。以后，她准备由她个人在中国举办系列纪念会，这是一种文化公益，这也成了此后几年里她不遗余力追求的目标。

当一些曾极具影响力的人物与事件，随着时间流逝慢慢被淡忘之时，表姑举办的纪念会，仿佛牵住了正在远去的历史的脚步，拉回

　　　　　　　　　　　　　　　　　　　　　　　我的美国表姑

十六七岁时的王文华　　　　二十二岁时的王文华　　　　一身戎装的王文华

到现实让人们重温，让这些人物与事件不仅让现代人认识，而且在现代社会扩大了影响。

"王文华（电轮）将军逝世八十周年纪念会"，是表姑系列纪念会里的第一个。会的规模不大，比起她后来在重庆和上海举办的，让我叹为观止的大型纪念会，这次会议实在只是小试牛刀。但它在上海、杭州还是引起一定反响，王文华将军的事迹重新引起人们谈论和关注。

当年圆顶房下的重要人物，除了主人王伯群保志宁夫妇外，最重要的就是王伯群的胞弟王文华了。

王文华（字电轮）在名气上似低于胞兄，与他英年早逝有关。实际上，他在世时，尤其在护国战争后，王文华是声名远扬。护国战争中，他指挥黔军在湘西作战，以数千之兵力抗敌数万，以少胜多，功居贵州之首，被誉为"黔中第一伟人。"那时年仅二十七八岁的他，充分显示了军事才能,加上"处世锋利,行事果断"的性格,还有政治上倾向孙中山的思想和主张,已让他登上了人生的巅峰,"方在少壮,已卓然建树。"孙中山对王文华十分赏识,继他在护国之役中任护国军右翼东路司令后,又授予他"中国国民党军事委员会常委"之职。在护法战役中由孙中山亲自委任为黔军总司令,率领黔军入川与北洋军阀激战。孙中山先生因受西南军阀排挤,辞去大元帅之职,护法运动失败时曾感叹:"南北军阀如一丘之貉,独文华不与西南军阀同。"王文华被刺身亡后,孙中山"闻耗为之震悼……"台湾《黔人》杂志总编李久永先生曾说:"王文华先生虽非讲武堂毕业,然而其天纵将才,几乎攻无不克。设非早逝,今日之域中,不知谁家天下。"

在贵州兴义刘、王、何三大家族中,最早手握大权对贵州实行统治的人,自然当数王文华的舅舅刘显世。但王文华的名声、才干、实力,扶摇直上的势头,直逼刘显世。于是王与刘这甥舅二人,越来越关系微妙。

早年时,王文华父亲早逝,作为舅父的刘显世曾资助少年王文华上学。而刘显世之所以会从"盘江小朝廷"进据省城,并一步步发迹,坐上贵州督军兼省长的宝座,与当年来贵阳镇压辛亥革命时,王文华力劝他不要返回兴义有直接关系,因此刘显世对王文华很是器重。

但王文华毕竟是"少壮派",与刘显世有很大的不同。王文华早年与贵州自治党人有接触,倾向革命,五四运动中支持学生运动,反对北洋政府卖国。在贵州,他心里对刘显世重用宪政派投靠北洋政府的政治路线和落后保守的施政方针不满。护国运动前,在反对袁世凯还是拥护袁世凯的问题上,王文华第一次公开表明了与刘显世不同的政治主张,王与刘的矛盾公开化。统治贵州的兴义军阀内部明显形成了以王文华为首的"新派"和与刘显世、刘显治为核心的"旧派"。之后,两派的矛盾急剧发展,导致了一场场的权力纷争。"新派"要想"倒刘",取而代之;而"旧派"感到"新派"军事实力的膨胀已构成对刘显世统治地位的威胁,从而一心想"倒王"。两派的激烈斗争,最终导致了1920年即民国九年的"民九事变。"

对后面的政局发生了一系列影响的"民九事变",是当时称霸贵州的兴义系军阀"新派"向"旧派"的夺权,一举获得成功。统治贵州达七年之久的"旧派"集团土崩瓦解,原督军兼省长刘显世被迫通电解除了自身所任的军、政职务,凄凄惶惶离开贵阳前往老家兴义,再后又去了云南。

贵阳护国路边,常青藤堡坎上的圆顶房,二十年代初期曾一度是给刘显世居住。与圆顶房关系紧密的这个家族,在贵州近现代史上演绎的这次事变,用一些民间老百姓的通俗话讲,是"外甥赶跑了舅舅"。其实,应是"外甥和外甥女婿赶跑了舅舅"更为确切。因为,政变由刘显世的侄儿王文华一手策划,但他未直接参与行动,借口养病先到重庆而后去了上海,政变行动由在贵阳的刘显世的侄女婿何应钦直接指挥。本来,参与行动的孙剑锋等人是要置刘显世于死地,但不能不顾及王文华、何应钦与刘显世的亲戚关系;而王文华、何应钦出于当时浓厚的封建宗法观念也不主张杀刘,所以刘显世侥幸逃脱一死。

"旧派"既已去除,"新派"登上权力顶峰。黔军和贵州各界曾联电恳请王文华回黔主持贵州军、民两政。而王文华也欲为振兴贵州干一番事业。在上海,他主动与辛亥革命后流落在外的贵州资产阶级民主派人士弃嫌修好,"遍访自治党员,敦劝归里。"他约请当时流亡北京的周素园到上海见面,坦诚表达了欢迎他回贵州的意愿,并主动向周素园道歉:"辛壬往事(指协助唐继尧滇军镇压贵州革命派),

王文华出殡时的灵车，后面跟随送葬的部队（1921年）

文华夙夜负疚，若神明之被桎梏。当时劫于淫威，不克自由主张……今谋黔政之改进，诚求公等之合作。"（贵州军阀史研究会、省社科院历史所：《贵州军阀史》）此时，周素园感到贵州自治学社的仇已假王文华之手得报，自己也想回故乡为桑梓尽力，便答应王文华之邀回贵州。与此同时，王文华还亲往凭吊张百麟之灵，周济其遗属，并资助流落上海的前贵州自治学社成员返黔。

不想，1921年3月，即"民九事变"之后仅四个月，上海一品香旅馆前，三声枪响后，王文华倒在血泊中，隔日不治身亡。时年仅33岁。后被国民政府追认为陆军上将。

他究竟死于谁手是个谜。有说是袁祖铭派人所为，有说是刘显世派人所为，我曾看见有的史料说，除上述二人外似还另有其人。

前些年，德龄的哥哥德辅从美国到了贵阳。摆谈中他告诉我，近来他正在用英文写一本书，内容是关于他的父亲王伯群和叔父王文华。谈到王文华，就会谈到他的遇害，谈到他的遇害，就要猜测那个

现在的王文华墓（侧面）

现在的王文华墓（正面）

凶手是谁。德辅手头有一些在国内不易见到的资料，他打开电脑，让我看刘显世的亲笔信。这是刘显世于1926年时写给家人的信，毛笔行草的文字中，一部分内容回忆了早年家庭的一些旧事，另有一段内容是关于王文华之死，大意是说，世人都说王电轮是我杀的，我为什么要杀他？其实他的死与我没有关系。在写此信后约一年，刘显世辞世。依据这封信和一些平日的研究，德辅当时的看法，认为他的叔父王文华不是死于刘显世——也即他的大舅公之手。

那三声枪响究竟系何人主谋所为，到底真相是何？给世人留下了无尽的猜测，也给史上留下了一桩悬案。

保志宁在《略记王文华将军事迹》一文中记述，王文华在遇害前，曾与王伯群在杭州同游西湖。湖光山色间，王文华概然谓曰："我苦战十年，尘土满衣，看此湖山，风景美丽，异年愿归骨于此。"王文华辞世后，王伯群遂在杭州西湖孤山东麓，"购地十亩余，于民国十一年八月十日葬文华先生于此，并建墓卢三椽，以供扫祭之用。"

"墓卢三椽"，不大好理解，我所认识的人中也没人见过当时的王

杭州里鸡笼山，王文华墓所在地

文华墓，只有一点可以肯定，王文华墓建得精致、堂皇，气势不凡。

杭州西湖边安葬有许多名人，如岳飞、秋瑾、章太炎、苏小小等，西湖的魅力在于其自然景观与人文景观的结合，名人墓是蕴涵于湖光山色间的人文积淀之一。但在历年西湖几次扩建时，不少名人墓被大规模搬迁，尤其"文革"前，很多名人墓与乱坟一道，在几夜之间被全部挖起迁走。王文华墓也在当时被迁走，后被胡乱置于杭州城西的"里鸡笼山"。

亲戚里曾有过质疑，如此大动干戈的迁来移去，谁知这里面究竟还是不是王文华骨灰？对此表姑德龄表示，要确认不难，只需在她身上取一滴血，与墓中人的一点骨灰作 DNA 鉴别，就可得出结论。但此举费力耗时，再说，如果鉴别出来确非王文华骨灰，那么又到何处去觅那真正的呢？这近乎是个无解的难题，所以，疑问虽有，最后只能忽略，默认。

在上海开完纪念会后，表姑一行来到杭州，到了如今王文华"移身"的里鸡笼山。此时的王文华墓毛石作围黄土盖顶，与周围乱坟几

　　　　　　　　　　　　　　　　　　　　　　　　我的美国表姑

王文华夫妇　　　　　　　王文华夫妇与家人

无差别,唯靠立的一块石碑得以识别。大家在碑前摆上鲜花、供品,进行了凭吊。冷落清寂了大半个世纪的王文华墓前第一次有了个排场的、热闹的祭扫仪式。

　　按理,这次纪念活动可到此结束。但仅仅因为得知王文华夫人的一个亲戚,墓地也在杭州,某个乡村的山背后,表姑便一心一意要去寻找。大家劝她不可,说谁都没有去找过,因为那么大一座山,找个活人都不易,何况死人。表姑却说,"那是我叔父和婶娘的亲戚,正是因为这么些年,谁都没去看过,我来了,就一定去看看。"其他参会者都打道回府,同行的张女士拗不过她,又不好让她一个人去,只好陪同前往。

　　王文华的原配夫人刘从淑是我的太外公刘显潜的侄女,因此王文华既是我父亲的二舅,也是我父亲的姨父。据说当年的刘从淑"女红和学识均在众姊妹之上。1909 年冬与王文华结婚,夫妇感情很好。护国战争期间,刘从淑曾协助王文华翻译和处理往来电稿,更为人所称道。"(熊宗仁:《一级上将何应钦》)但王文华在护国之役后身价陡涨，名噪一时，少年得志，有点飘飘然。此时他执意要纳妾，时逢王文华与刘从淑的儿子夭折，刘正处在伤心欲绝之时。何应钦夫妇虽多次对王文华进行规劝，王仍要一意孤行，刘从淑一时心灰意冷，服毒自杀。

这里说到的张女士，是王文华第二个夫人的侄孙女，年纪与德龄差不多，在电视台任记者兼策划人，是一位十分干练、热情、率真的职业女性。

她们俩人背着行囊，下了出租车，拐进乡间小道，再往深山里走。边走边打听。这边乡下说当地方言，听不太懂，人家手一指她们就往某处赶，从清早寻到下午，结果一无所获。张女士知道陌生的深山老林中这样很危险，曾在密林间碰见擦身而过的面目不善者，让她捏着一把汗。但德龄一心寻墓，全然不考虑这个状态是否安全。

总算终于找到了目标。这时两个山里人走来，表姑并不多想，张口便请他们帮助清扫墓地，顺手给出每人一百元。当两张粉红色的百元大钞拿到那俩人手里时，意想不到的事一下发生了。深山密林中，不知从哪里突然窜出来二十余山民，其中有一二人拿着扫把，有人临时从树上折几根树枝，跑到墓地上来随便划弄几下，表示扫了，一只只的手便伸向了德龄。同时嘴里迫不及待地喊——"给钱，给钱！给钱来啊！"

这些人拿了钱并不走，因德龄那样子像"老外"，到场的所有人都兴致勃勃地围观。于是，陌生的密林中，陌生的二十来个人，像看稀奇动物一样粗鲁地把她俩围在中间。

张女士心里窘迫而紧张，只想应快快离开。而表姑却神态安然，不但不想着赶紧走，甚至什么都不想回避。她解下背上的行囊，安放在地上，然后不紧不慢地从里面掏出一叠百元大钞，你一百，他一百，一个不漏地发到每个围观者手上。发完钱她还意犹未尽，又翻腾包里还有什么能送眼前这些人。然后，一个小收音机，一个傻瓜相机，两顶美国产的软质遮阳帽，还有一些别的小物件，都掏出来送了那些人。

张女士后来对我说："你没看见德龄当时，真有恨不得什么都翻腾出来送给那些人的样子。"她事后责怪德龄："在一个对周围环境完全缺乏了解的外省乡下，荒郊僻壤，就我们两个赤手空拳的老媪，本身就危险；人说财不露白，你倒好，又是撒钱又是撒物，万一有坏人出了危险怎么办？"

表姑反驳："这有什么呀，他们很穷，我就喜欢帮助穷人！"

张女士说："你帮得过来吗？如果你自己都出了危险，你还怎么帮人？"

表姑回说："我能帮多少是多少。你看他们那个样子围上来，连我这样的人他们都觉得稀罕，这不是正好说明，他们完全没有见过世面吗？他们中的一些人可能这辈子都没有走出过那座山。我就站那里，让他们看一看，见一见。我认为这样并没有什么危险。"

我想了想，对张女士说，我想德龄的意思是，她就有意识地站在那里，让那些人见见世面。也就是说除了送出去的钱和物之外，还想对他们有一种无形的精神救赎，至于自身是否存在危险是不考虑的了。

张女士说："我看也是这样。我反对她的一些做法，但她确实有一副济世济贫的超好心肠，虽然她的想法有些不大现实。还有，这么辛苦劳累甚至危险都要去找这个亲戚的墓，仅仅因为与王文华有那么一点关系，而这个叔父，已经死了八十年了！"

王文华也有一故居，与圆顶房紧紧相邻，两兄弟的官邸相隔不过数米，站在门口或露台上，喊一声即可相互听到。当年兄弟俩家来往是极方便也极频繁，甚至如把圆顶房看成前院，王文华故居就是后院，反之，把王文华故居看成前院，圆顶房就成了后院。那时地皮是够宽阔的，如此近距离的修建，也许当初还有防卫、安全方面的考虑。贵阳市万东桥扩建时，曾为了保留圆顶房而数度更改红线，王文华故居没法避开，终于被拆除。在这之前，表姑从国外赶回贵阳，她能为之做的事是：记录数据，保留材料，以图日后找机会重建。

如果说王伯群故居是欧式风格，王文华故居则是典型的中式风格：四合院，砖木结构，穿斗式梁架，小青瓦屋面。面对这座将成废墟的四合院，表姑无限惋惜，叹道："要是在美国有这样一座四合院，那可了不得了！但在这里不当回事的就要拆了！"她要我们与她一起量尺寸，包括柱、廊、门、窗、花墙等的宽、高、厚，打算以后"想办法恢复这个四合院"。

梁和柱的材质让人惊叹，说不清那是什么树料，能肯定的是现今很难寻了。一根根数米或十数米长，笔直，均匀，柱身浑圆而光滑。七八十年了，上面竟没有裂痕或裂纹，质感坚硬、丰盈，似乎饱含生命力，好像才从山上采来。这样的木料拆下来后一定要保存。

表姑拿着相机各处拍照，我们则拿着简陋的皮尺和卷尺，量了尺寸，没有纸笔记录，找到了纸笔，却没有地方可伏下去写。一上午，几个人在那里因陋就简尽力而为。我在工厂时曾看着施工图做过几年的工程预算，于是好歹草画了房屋东西南北方位并记录了相关一些数据，尺寸也就只好能量多少算多少，能记多少记多少……当时我想，就这状况，还想以后"恢复"？但王文华故居没有列为文物,除了表姑,在这拆除之前并无人过问,更谈不上派专业人员来操作。

现在想来,表姑也知道"恢复"谈何容易,只是不做不甘心,眼睁睁看着拆毁于心不忍,做一个无奈之举,聊以自我安慰。那些珍贵的木料拆下之初还集中堆放在一处,没等我们找到地方存放,几天后不翼而飞,也不知被什么人偷盗。

第七章

路　口

秋日的晴空分外高朗,蔚蓝,你注视那天空,有时会禁不住遐想,逝去的人是为"驾鹤西去",如此,那蔚蓝里是否会藏着人间一些渺远的,早已消失的过往? 否则,它不可能那样深邃。

圆顶房三楼的露台上,我和表姑一人一张纸壳,席地而坐,等待将要来商讨维修事项的黄老工程师。露台四周,既是栏杆又是花墙的那一圈,现在是我俩的靠背,内中的造型好似白色花瓶,一个个排列着,古朴而大方。

表姑手里拿着一份报纸,上面刊有一则与周素园和王伯群有关的文章,是昨天聊起关于我外公与她父亲的交往时,我翻找出来给她的。是我在九十年代中期听一位亲历者的讲述后所写。

"1921 年是一个重要年份,"我指着给她的那份报纸,继续此前的话题。"为什么?"表姑微笑着反问,然后眼珠一转说,"是因为中国共产党的成立?"然后她自己笑起来。她一下就转到历史的大事件上去了,不愧是政治学博士。我明白她这话是半开玩笑半认真。我回答:"这当然是。但我要说的是,这一年对于你父亲和我外公也很重要。以我的看法,1921 年,可以说是他们人生的一个转折点。"德龄的表情严肃起来,若有所思:"这一年……王电轮是在这一年被暗杀的,何应钦也在这一年被暗杀过,差点死掉。"

坐在圆顶房的露台,此时会浮想联翩。房主人和与他同在的前辈们,已经化身天际,并渐行渐远。但他的女儿回来了,就坐在我面前。有时,真感觉她好像不是从美国来,而是从历史的深处来。她还没到中国之前我就有这种感觉,相处几年后,尤其会在与她谈论过往旧事时,这种感觉会阵阵袭来,说不清是为了什么。

我说:"那时'民九事变'刚刚发生,你叔叔邀请我外公从北京回来,不久他被暗杀了,你的父亲又催促我外公尽快回来,然后你父亲自己也要从上海回来,在贵州共同合作。"

"在外公回贵州的路上,发生了一段长长的插曲。报纸上这篇就写的这事。这是一个真实的故事,是一位老人专程到家里来给我叙述的,那一年,她和我的外公乘同一条船回贵州,对于她,1921年也是一个人生的路口。"

表姑惊奇地说:"是吗? 有这么巧? 这位老人家,你原来认识吗?"我说:"完全不认识。她是由她的学生背着,上了八层楼,来到我家里找我的。"

那一天,听见敲门声,我打开房门,一位青年男子弯着腰,两手反过去护着自己的后背。那背上伏着一位枯瘦、矮小,但眼睛分外神采奕奕的白发老妪。在一个肩头上骨噜噜地转着两双陌生眼睛,直望着我,这就是我打开门第一眼所见到的。这样的两个人蓦然出现在面前,让我十分意外与惊讶,因为事先并没有任何约定,我不知道她们是什么人。

表姑说:"黄工还不知道什么时候到。反正咱们在这里都是等,与其让我看报纸,不如你跟我讲吧,我真的很想听。"

先说这位老人,名字叫赵韵芬,丈夫葛天回是原贵州大学教授。她与周素园同是毕节人,按辈分称呼周素园"九伯伯"。她本人是贵阳市一位有名的儿科专家,专治儿童腮腺炎。腮腺炎俗称"猴儿包",在儿童甚至一部分成人中发病率较高,赵韵芬老人用自己特有的方法和药物,几十年中为许多病人解除了痛苦。她来找我时已九十一岁高龄,也不知她在何处得知了我与周素园的关系,并打听到我的地址,于是就执意前往。而所以如此,为的是亲口向我讲述一桩存放在心里已七十年的亲身经历。

这段插曲的主角是赵韵芬,王伯群和周素园则是故事的起源。我抬眼看看头上那深邃的蓝天,再看看一排排把我们包围住的古朴"花瓶",晃然觉得自己和表姑都进入了民国时代……

"民九事变"后,表姑的叔叔,时任黔军总司令的王文华在上海突然遇刺身亡。王文华之死引起了贵州政坛上的一系列连锁反应,原本就复杂的形势变得更加复杂和险恶。南北军阀都趁贵州暂时出现的权力真空,加紧对贵州的控制和争夺;袁祖铭虽也遇刺负伤但依然野心勃勃,对夺取贵州权力步步紧逼;而"新派"内部因失去中心人物,相互猜忌,内部斗争随之激烈;民间也因政局不稳而人心惶惶,谣言蜂起。

原贵州督军兼省长刘显世被逐后,众推王文华为省长,王文华遇害后,最终由孙中山任命其胞兄王伯群为贵州省长。王伯群给周素园写信,催促他回黔。要共举贵州大业,此时,他比任何时候都更需要他的合作。

从《周素园生平大事年表》上可见,王伯群在1921年3月王文华遇害后,即催促周素园先回贵阳预为准备,但3月份这次未成行。《周素园文集》中有一封此时段回复王伯群的函:"伯群尊兄左右:昨奉手函,具纫雅意……电轮暴殂,又增一番激刺,生平偏重感情,至此亦无徘徊之余地。先行回黔之说,兄以为有益者,弟亦可从命。惟有一事相要,即大旆订期回黔是也。贵州局面弟始终认定非兄回去无办法。倘兄无即归之决心,弟殊不欲贸然前往……"从信中可见,周素园认为当时局面非王伯群回去不好收拾。如果王伯群不下决心"即归",周素园本人并不想在此时回黔。

　　然王伯群自己虽归期难定,还是坚持要周素园尽快先行回贵州。可以这样推测,王伯群自身越是一时回不去,就越需要周素园尽早尽快先回去。周素园在之前承诺了王文华回黔,又加王伯群的催促,他随即着手出发。在《〈素园书牍〉卷6上册跋》中他写道:"……余既前诺合作,谊不负死友。于是不嫌攘臂,代为运筹。回黔之行,亦遂如箭在弦上,不得不发矣!"

　　周素园曾是多方追杀的对象,回黔的一路上将危机四伏。在暗杀之风盛行之时,为防路途不测,王伯群指派了整整一个连的军队护送。

　　此时,赵韵芬的父亲也在重庆被人暗杀,周素园听说此事,便写信问当时在南京的赵韵芬愿否一同回贵州安抚母亲。赵韵芬当然愿意,而她的公公认为自己在南京的生意失败,既然如此,不如大家一道回黔。于是,1921年6月,周素园一行从上海出发,汇同赵韵芬一家,在部队寸步不离的护送下,由汉口坐船顺流而下。

　　天有不测风云。船行才不过几日,赵韵芬的公公便得了急病,吐血、拉血不止。那是在船上,缺医少药,病势来得太猛,才过了常德,来到桃源时,人已经不行了,最后终于死在船上。船夫强调说:"死人是不能放在船上的,这是祖祖辈辈的老规矩。"于是就近靠岸,把遗体抬至沙滩。船夫见赵韵芬少不更事,便按当地习俗关照她,让她去买了灯草,说这样轻巧好发,又叫人对遗体灌了水银,说如此不易腐烂。赵韵芬一一遵从。

周素园深知赵韵芬与葛天回自小青梅竹马,感情甚笃,两人已定婚。葛天回思想进步,勤奋而有才华,此时正在东北。而葛在贵州毕节的封建家庭则十分复杂,赵韵芬若要回去,一定会有大麻烦。待诸事忙毕,周素园便对赵韵芬说:"人死在此,就埋在此吧。你不要回毕节了,到东北和葛天回结婚去罢。我这里给你一笔钱,你就直接由此去东北罢。"

赵韵芬那时年青气傲,又一心想着要做葛家的孝顺媳妇,便不愿采纳周素园的建议,而决意找人抬着棺材,不畏千里之遥送回贵州毕节。

周素园叹道:"你不听我的话,将来要吃大苦的。"周素园以自己深刻的眼光判定赵韵芬回到老家必有大难,他尽了全力劝阻她,但赵听不进去。周素园无奈,只得说:"你要抬着灵柩回毕节,就不能跟着我的军队,否则人家以为这个军队是给你送灵柩的呢。"这实际是周素园在故意激将赵韵芬,想让她最后放弃自己的错误意见,还是到东北去追求自己的幸福,走自己该走的路。但赵却负气道:"说不跟你们走,就不跟你们走!我们各人走!"

赵韵芬一行雇人抬着棺材,踏上了千里送灵柩的道路。周素园伫立江边目送着这群人的背影,长叹一声,挥手让随行人员上船。

舟行三月后,周素园等人在铜仁登岸。稍后,赵韵芬一行也来到铜仁。在铜仁高村,疲惫不堪的赵韵芬等人正在歇息时,猛然杀出了一伙土匪来。匪徒冲上前来一阵狂抢乱砸,掠走了所有箱中钱物,冲散了众人,最后还把年青秀气的赵韵芬一同掠了去。此时,周素园刚离开铜仁,闻讯后二话不说,紧忙带了军队便往回赶。

夜里,四周一片漆黑,抢到赵韵芬的土匪头子说"来来来,跟我走。"遂拿块纱帕把赵的头和眼蒙住,牵住其衣角往前走。赵韵芬抱定必死的信念,跟其走到一处荒僻的地方,那土匪头叫她坐着不准动,开口问道:"你是真的没有钱?"赵答:"我是真的没有钱。父亲赵晓衡被暗杀,现公公又病死船上,连船票都是周素园先生帮买的。"那土匪头听她这么说,放了赵韵芬,甩给她5元钱,让她快走,说自己曾受过赵晓衡的恩。赵韵芬脱出身来,跌跌撞撞,也不知逃到了哪里。好不容易在黑暗中听见与自己同行的人在相互呼叫,大家找拢在一起,人人身上都已被搜索一空,真可谓食住无着,寸步难行。天快亮时,终于碰到带着部队正在四处寻救她们的周素园。赵韵芬上前一把拉住九伯伯,一声"九伯伯"还没喊出口,便失声痛哭起来。周素园又给了她一笔钱,解决眼前她及同行人的急需。为防再生意外,这回她不敢独行,与周素园一行一同到了贵阳,再由葛家派人去接灵柩。

　　抵筑后,赵韵芬告别众人,一个人回了毕节。又过了一个月,灵柩才到。因为土匪抢掠时劈坏了棺材,葛家人说棺材不好,要换,却在换棺材时从中发现了一块带血的石头,于是大祸从天而降。葛家认为:这是赵韵芬谋财害命,害死了老公公。遂由葛天回的继母和大姑告到了毕节衙门。

　　县衙门见状,要判以命偿命。赵韵芬百般申辩,声泪俱下而无济于事。法官动了恻隐之心,告诉她说若找到有力的证人还可有救。危急中赵韵芬又想起周素园,也才知道了"你不听我的话,将来是要吃大苦的"这句话的分量。她痛心疾首,追悔莫及,同时明白此时仍只有周素园才能救自己的命。她赶紧写了信给母亲,让火速转在贵阳的周九伯。

　　是时,十年流亡在外初回贵州的周素园正面对复杂的政治局面,

　　　　　　　　　　　　　　　　　　　　　　　　我的美国表姑

"……日致力于应付大局及缓和内争……"（周素园：《书席正铭》）但接信后他即刻给毕节衙门写信，并在信中说，赵韵芬不仅没有谋财害命，而且她还应是葛家的恩人，因为没有她，葛家老人的棺材就送不回来，他详述了赵韵芬扶柩返梓的艰辛经历。

县里得到周素园的信，当即放了赵韵芬，但她走出衙门回到葛家，从此便被葛家以软禁的方式关了起来。这一关，便是整整六年。

失去人身自由的赵韵芬常独倚木窗，从桃源下来，这一路被土匪抢掠、被家人诬陷、被长期禁闭的遭遇，多少次在头脑中浮现，"你不听我的话，将来是要吃大苦的"忠告，也不知多少次在耳畔回响。若干次，她幻想重新回到湖南桃源这个人生的十字路口，她会一千个愿听周素园的话。然而，她唯有捶胸顿足，仰天长叹。

差不多整整70年后，当她已是一位91岁的老人时，谈起此事来仍懊悔不已。她说："当初，就因为没有听周九伯的话，我吃了大苦，而且至今还在吃苦。在那个人生的关键路口，假若听了他的话直接去东北，我能去上学，会有工作，我的今天会是另一番天地。"说完她禁不住老泪纵横。

如果对于赵韵芬来说1921年是个转折的路口，那么对于王伯群与周素园两人来说也是同样。当时还在上海事务缠身的王伯群，与兼程回到贵州的周素园，在纷繁复杂的政局中，没能见面更别谈合作，最后各自走上了后半生的道路。

催促周素园回黔的王伯群本人，一直到1923年3月才辗转到达铜仁。此时的贵州已不是昔日王家的天下，形势发生了极大的变化。贵州军阀五旅纷争，形势几乎瞬息万变。王文华辞世后，实际上操纵着黔军的王伯群、王文华的妹夫何应钦本人，被谷正伦、孙剑锋等串通其他几个军阀联合"倒何",也已于 1921 年 10 月时逃离贵州到了云南。接着袁祖铭"定黔",后又与复出的刘显世联合"定黔",贵州政局处在被史学家称为"大局糜烂"的局势中。

王伯群拟开府铜仁,并宣布就任贵州省长。不久,与"定黔军"的右路指挥官王华裔部队遭遇。王伯群的阻击部队与之鏖战数日,最后败下阵来。王伯群只得放弃铜仁,逃离贵州,折身返回上海。成为贵州近现代史上或许是唯一一位受任而未能就职的省长。

王伯群夫人保志宁在《王伯群生平》中作了如下记载:"伯群自弟文华于 1921 年 3 月被奸人在上海一品香饭店门前杀害后,被任命为贵州省长。但至贵州铜仁,由于袁祖铭作梗未能就职而返回上海。后奉派主持贵州党务,领导贵州同志进行革命活动达五年之久……次年党政改组后,孙中山先生倡议南北协商,和平统一,伯群受命随同北上,奔走各方。不幸中山先生逝世,南北破裂,伯群见和平无望,遂回上海继续进行国民革命活动……国民政府在南京建都,伯群任政治会议委员,交通部长兼交通大学校长及招商局监督……伯群乃设计革兴交通规划,以其收国利民福之功。伯群自拟交通事业革新方案约 20 余万言,主张振兴铁路,统一邮政,创办航空,发展电讯,整顿交通教育,并拟有具体办法,迄今犹可资借鉴"。

到了 1928 年,王伯群仍任交通部长及中央政治会议委员。次年任中国国民党第三届全国代表大会贵州代表,当选为国民党中央执行委员会候补委员。"1935 年……再度当选为中央执行委员,中央政治会议委员……伯群自辛亥革命及讨袁护国、北伐诸役皆参加其间,于政治、经济尤多建树。平时常念国家根本大计端赖教育,1924年……出资创办大夏大学。"

1942年时的王伯群（左）

王伯群与友人游西湖

王伯群（右二）与友人（1925年）

王伯群（左坐着者）
与友人

比起一些散在的资料或史书,保志宁集中记述了王伯群的生平,能从这里比较清楚地看出王伯群自 1921 年后主要的人生轨迹。

而回黔后的周素园虽立即被任命为黔军总司令部参议,后又兼了秘书长,但贵州政局的恶性变幻及反复的政权更迭,让他无法实现自己振兴贵州的夙愿。几经周折后,他借口养病退出贵州军政界,回到毕节闭门读书、写作,不再参与政治。研究贵州辛亥革命的重要史料《贵州民党痛史》即在此时写成。最主要的是,在这些年中他认真研究了马列主义的原著和大量介绍马列主义的书籍,在思想上逐渐接受了马列主义,由一位激进的资产阶级革命者转变为一位信仰马列主义的革命者。

1936 年,红军长征到达贵州,不久攻占黔西北重镇毕节。于是,周素园与共产党领导的红军之间有了极富戏剧色彩的邂逅。

红军与周素园最初的结识,竟缘起于红军战士到周素园家中的抄家。当时的红二六军团政委,后来的国家副主席王震在《周素园文集·序》中写道:"……进城之初,有的基层干部不明情况,看到一座古旧宅院,料想是地主之家,便带人进去'打土豪',不料却在书架上搜出好些马克思列宁主义的书,书上密圈细点,说明都经书的主人仔细读过,'地主还读马列?'他们奇怪了,便把情况向上级汇报。我马上让人把这家主人请来相见,他就是周素园。"

王震与周素园进行了长谈。然后周素园的情况很快就受到贺龙、任弼时等首长的关注。他们多次约他会面倾谈,肖克、夏曦也反复向他讲解马列主义的基本原理、共产党和红军的性质,尤其是讲解中国共产党建立抗日民族统一战线的纲领和红军北上抗日的任务。周素园结合自己前半生的经历和从马列书籍上读过的理论,很快提

抗日救国军司令部旧址，即周素园故居　　　　全国重点文物保护单位，贵州毕节抗日救国军司令部旧址

高了对共产党和红军的认识。不久，毅然同意出任共产党领导的"贵州抗日救国军"司令。

　　王震写道："由于周素园为人正直，在各阶层人民中有比较高的威信，他的参加革命工作在当地产生了很大的影响，这使我军在毕节地区得到了将近一个月的休整时间，并扩军五千人。"在毕节的这次兵力补充，或许是红军在长征途中得到的人数最多的一次扩军。

　　在此期间，周素园对赵韵芬母女又有一番救助。红军在毕节时，打土豪分田地，劫富济贫。赵韵芬的母亲是长期替人做针线活为生的，因而手上没有种田种地的人那种厚厚的老茧。当有战士看到这一点时，据此认定她是剥削阶级便把她抓来关起了。赵韵芬又一次想起周素园，急忙向他求助。周素园找到那些战士，对他们说，这位伯娘也是受苦人出身，自己也一直在辛苦地自食其力，哪里谈得到剥削他人。红军当即放了赵的母亲，还额外地发给她两袋包谷作口粮。

　　此后，周素园常打发二女儿贞一去看望赵韵芬母女，并常从并不宽裕的家用中挤出钱，或匀出生活物品送去。

赵韵芬感叹道："周九伯自己吃苦一辈子,却救人一辈子。"的确,周素园一生颠沛流离,屡遭厄运,但他以拯救危亡中的祖国、拯救自己的民族为己任的信念自始至终坚贞不渝。他对周围人如对赵韵芬母女的帮助,乃是他强烈的爱国之心和救民之志在日常生活中的具体体现。

1936 年 2 月,红军离开毕节。周素园认为自己找到红军,找到共产党,找到马列主义,就是找到了救国救民的正确道路,他以 57 岁的年纪加入了中国工农红军的行列。王震回忆道:"起初,周素园同志随我红六军团政治部行动,我和他经常同桌面食,同室而眠,朝夕相处,苦乐与共,不但增进了相互间的了解,也增进了彼此间的革命情谊。长征的艰苦是众所周知的,他硬是坚持住了,这的确是难能可贵的。"

红军转战乌蒙山期间,周素园利用他过去的社会地位,给当时云南地方军队的负责人龙云、孙渡写信,劝他们以民族大义为重,支持红军北上抗日的正义行动。龙、孙接信后,从自身的利益考虑,放松了对红军的堵截,为红军胜利渡过金沙江造成了有利的战机。

西安事变时,遵照毛主席指示,周素园写信给何应钦、王伯群、张学良、朱绍良等,合作谈判停顿时,又写信给张道藩、张继、冯自由、冯玉祥等,为和平解决西安事变,促进第二次国共合作做了许多工作。

1936 年 10 月,红军成立甘肃省人民革命委员会,周素园被任命为教育部长。抗日战争爆发后,毛主席、朱总司令任命周素园为八路军高级参议。不久受毛主席的亲自委派返回西南,从事地方上层爱国民主人士的统战工作。他带着毛主席的亲笔信件,访问国民党的西南当局,要求释放政治犯,并宣传共产党团结抗日的主张,扩大政治影响。先后到了重庆、昆明、成都、贵阳等地,每到一处,他都按照毛泽东的指示,广泛接触各界人士,开展工作,取得了良好的效果。但不久,国民党顽固派掀起了反共高潮,各地当局也加紧了对周素园活动的监视限制和阻挠破坏,他时常受到威胁恐吓,连人身安全都得不到保障。无奈,被迫再度退回毕节老家,闭门读书,清贫自守,在国民党特务们的严密监视下,艰苦地度过了十一年有余的岁月。

……

黄浩工程师来了。我和表姑一直坐在露台上等待的就是他。圆顶房的维护与维修,表姑拟长期聘请他为专家顾问。

这是一位极具学者风度的长者,那时约七十刚出头,精神矍铄,肤色白里透红,半白头发下的一双眼睛睿智而谦和。黄工是贵阳乃至全省有名的古建筑方面的权威,造诣很深,我有幸和他聊过几回,他对历史、哲学、文学,都很有见地,堪称学识渊博,而且我很敬佩他的人品。

我们和黄工一起,在圆顶房从楼上到楼下,主楼到塔楼,房内到房外,指指点点,寻寻觅觅,查找和统计需要维修的地方。然后,一边听他谈着维修的方案,一边又来到刚才的露台上。

三楼露台,即便现"窝"在周围的高楼群里,站在那上面看出去,视线仍然不错。可以想见当初,更应是一个极目远眺的地方。

黄工环顾四周,出于对圆顶房建筑品质的赞赏,又怀着很高的兴致,因而眼神发亮,看去更显得神采奕奕。他对大家说:"王伯群故居这个地方,以前叫大井坎,地势本来就比周围要高,当年建起了这座故居,非常气派,非常漂亮,在贵阳首屈一指。王府经常是人进人出,车马不断,很热闹。"他走到围栏边上看看,用手指了指前方:

"当时,我的老家就住在这前面不远。那时候我还小,会跑到这边来看看热闹。有次正巧碰见王伯群先生回家,他是坐在轿子上的,是那种八人抬的大轿,那轿子的造型比较特殊,既像轿子,又类似滑竿,坐椅是半坐半躺式的,后面有活动的篷,可以拉上遮雨遮太阳。那天篷布是没拉上的,所以我可以清楚地看见他坐在上面,看去很温和,很儒雅的样子。看到我这个在旁边玩耍的小孩,他还微笑着对我点点头。"

一直在听黄工绘声绘色讲着的表姑这时说话了。我们都知道她对父亲王伯群感情很深,黄工作为一位长者,一位亲见、亲闻的亲历者,这么生动地讲到她的父亲,她在很珍惜的听着,生怕漏掉了一个字,神情看上去甚至有点陶醉。但同时她又有了疑惑,她摊开两手轻轻的摇着头,对黄工提出了一个在我们看来是奇怪的问题:

"可是,我的父亲,他为什么不自己下来走,要人家抬着?而且还要八个人?"

大家听了抿嘴一笑。黄工正色说:"那是一种象征,是身份和地位的象征。"表姑耸耸肩,再摊摊手,一个标准的美国人习惯动作,脸上是一种让人感到有点滑稽的笑容。

我的思想却在这时走了神,飘浮得很远。

如果那会,正巧是三十年代的中期(依照黄工的年纪推算,他还是个小孩子时,大约是那个时候),当我称呼为大舅公的、时任中国国民党第五届中央执行委员的王伯群坐着八乘大轿,回到大井坎的圆顶房时,外公那时是在哪里?在做什么?他或许正好在长征的路上,在红军的队伍里与战友们顶着呼啸的北风艰难的爬雪山,在饥寒交迫中跋涉于草甸子上的荒沼地……外公是习惯于穿长衫的,我不知他参加红军后是否换了军装,如果没有,他应是那支队伍里唯一穿长

徒步重走红军长征路的英国人、历史学博士李爱德在作者家

衫的红军。随红军到达同心镇后,他给我母亲的信中说:"……你们的学业半途而废,尤其小的几个,不惟教育没人负责,而且还顾虑许多的意外……只有请你们受苦受难的多多原谅我。"另一信中对他随红军走后料想家庭的处境他写道:"……则抄捕监杀,种种危险,俱有可能……只好置之度外。"

"九一八"事变前夕,中华民族到了生死存亡的关头,外公已作好献身国家骨埋青山的准备。他在视为绝笔的家信中说:"国家民族、生死存亡,已迫近最后的五分钟,区区家庭及个人之事,实无谈说之必要……我希望,我亲爱的人,保持着健康的身体,充满着积极的精神,安居能自食其力,困难则执戈以从,这算是我最后的赠言。"

回忆跟随红军长征经历的《西行追忆录》在他晚年时写成,可惜原件与抄件都在"文革"那场浩劫中散佚。否则,今天的人们可从那部作品里寻找到珍贵的记忆。还可以寻找到一位对真理的求索者,在他参加过辛亥革命、亲历过若干历史大小事件、然后又置身在红军队伍中时,对红军,对长征,对延安的独特体验、感受与观察。但现在,只有遗憾了!

1921年相约回黔共举大计的两个挚友,一个不得已折身返回上海;一个几经周折后参加了中国工农红军。设想,1921年前后的那些关键时段,设若王伯群能迅速果断的回到贵州就任省长,设若能稳定大局并能有效缓和"新派"的内争,那么,贵州的那段历史,或许是另外的版样;而王伯群与周素园各自的人生,或许是另样的轨迹。

第八章

孝　女

2004 年深秋，没事一般不给我电话的堂妹突然来电话，像身旁着了火那样大声咋呼："德龄要召开王伯群纪念会，去重庆开！她要把大夏这些老人家们搬到重庆，去开会！"

　　我着实吃惊不小，这样的大手笔，大动作?！下月，正好是王伯群逝世六十周年，他逝后安葬于重庆。三年前，表姑才把不少人搬到杭州去召开王文华逝世八十周年纪念会，不过去参会的都为中青年，这回，要去重庆开，而且要搬动大夏的这些老人家?

　　"疯狂之举啊！"先生放言，惊讶比我更甚。

　　除了把老人们搬到重庆去开会，表姑还有一些细节的想法和做法让我们难以接受，感觉她实在匪夷所思。比如，我们认为年龄越大，出门上路越是危险，承担的风险越大；而她认为拟邀请的校友中，年龄越大的越值得邀请，原因是："他们可能已经没有多少机会。"再比如，会议的文件包括通知全部做好后，她要全部废除，要求按中英文对照的模式去重新做。而我们一致认为本次会议并没有外国人参加，实无必要把那打印好的一大摞 A4 纸全部丢弃，再耗费人力物力去翻译、校对、打印……如此种种，都令我们与她产生分歧与争执。

　　当然，最大的分歧与争执在于决定要不要去重庆。我们在一开始就展开了激烈辩论，每个人都慷慨激昂的发表意见，不在乎嗓门大或是言辞尖锐。由争执到争吵，直至吵得嗓子发哑。一直存在的文化背景差异，加上个人性格原因的两种冲突，终于在此时集中爆发。

开会可以啊，在贵阳怎么开都行。而去重庆？无异于没事找事去冒一个大大的风险。要知道，拟邀请去重庆的二十余位大夏校友，王先生九十三岁，刘女士、杨女士和另外三位分别是九十、九十一、九十二岁，其余的都在"米寿"上下，最小的也过了"喜寿"。这么多高龄老人冬天出远门，坐飞机，我印象中还没有先例。安全是首要担心。

"八九十岁的人，平时都是安居家中，在本城内走动一下串个门都要多加小心。你倒好，要把人家一个个从贵阳搬到重庆！"

"中国有句老话'七十不留宿，八十不留饭，'你让八九十岁的人，离开家又是坐飞机又是住宾馆，你知道这中间存在多少风险吗？"

"只要其中有一个老人出事，你都没法交代！何况这么几十个老人！坚决反对这样做！"我们对她晓之以利害关系、严重后果。

但说服不了她，在这些节点上，她不是一个会轻易听从别人意见的人。我只好避而不见她，以避免不断的争执。但她却把电话不断打来，声音软到不能再软："……我求求你，你能不能回来再听听我？我都烦恼得要去上吊了……"无奈，我们几个又回到她所住酒店的房间，但都绷着脸不想说话。

表姑压抑住内心翻腾的情绪，双手合十，不断往前点着，说："我求求你们大家，再听我一遍。我求求你们大家……"然后，她对着我们这几个紧绷着脸的人，以几乎是"不屈不挠"的态度，再次重申她已说了几遍的驳论：

"美国的老人，八十岁照样开车，照样出远门，一点问题都没有。年龄，在我看来完全不是什么问题！"她合着的手掌用力往两边一划，继续说："而且我们是邀请他们；去，或不去，是由他们自己决定。他若决定去了,是他自己决定的呀"。她把朝下的手掌反转过来,上下轻轻地掂着,仿佛是在掂这番话尤其是最后这句话的分量:"他若决定去了,是他自己决定的呀。"

屋子里,"圆顶房的女儿"一个人站在一边,我们几个沉默地坐在一边,好像两个阵营,很是分明。别看她在那么铿锵有力地、振振有词地、依着在美国生活几十年的习惯和理念说服我们,但看得出她内心的担忧,她生怕眼前顽固沉默着的这几个人还是不能接受她。齐肩黑发映着她涨得通红的脸,那时刻,她真有点像一个孤独的女斗士。

冷静下来想,从情理和逻辑上讲,她刚才讲的似乎都没有错。

我们固有的观念和对后果的担忧发生了动摇,最后是在不太情愿中分头着手准备去重庆开会。

从个性上讲,知道拉不住她,她要做什么就一定要做,而要做就不可能让她一个人为难。她回到中国,唯一的依赖一直也就只有我、我先生、堂弟、堂妹和堂妹夫,后来又加上为她筹划建网站的我侄子,前些年,还有王氏房产代理人吴老先生和他的公子。在贵阳,甚至是在中国,表姑也就只有这几个人是她开展大小活动的"基本群众"或"骨干力量"了。我们不帮她,又有谁还能帮她?

我怀着矛盾的心情忙前忙后。正式通知每一位老人时,我都特别强调这只是邀请,去与不去,一定要根据自身情况,不能去就千万别去。这是否属于事先就想推卸一些责任?但真是出了事时,那责任是撇得清的吗?

受邀的没有一个不去。甚至其中有一二位平时出门需坐轮椅的,也在家人同意下跃跃欲往。活了八九十岁,他们中有的从没坐过飞机,有的从没走出过贵州省境。现在,他们要做一回"美国老人",

大冬天离开温暖的老窝"潇洒走一回。"护送计划虽做得周密,但因为不是一两个,而是二十余位高龄老人,会不会有何闪失,我仍然内心如悬。

让我们几个都很不以为然的是,即便在这样忙碌于"大行动"的时候,表姑仍会抽时间去进行只有她自己才知道的"神秘行动"。去重庆的事确定之后,尽管在具体的事务上大家仍会时有争执,毕竟在情绪上不那么对立了,她也不那么烦恼了,于是时不时莫名其妙地消失一阵,或时不时在电话里长时间地用英语与那人对谈。这么些年了,这事由完全保密到了半公开,我们也与那人及其家人见过了几次面,大致知道是怎么回事,当然也就是大致而已。表姑与那人一直采取"单线联系"方式,我们从不与那人直接联系更不见面。各人有各人的隐私,还是那个原则,凡别人不愿说的事,就不要,也不能去过问。

到了赴重庆那天,那一二位需坐轮椅的老人,安排由其家人护送,其他老人由堂弟妹和我侄子不辞辛苦地在重庆和贵阳之间,坐着飞机来回分批护送。第一批出发的五六个人,到了重庆逢天降大雾,飞机在天空盘旋了四十分钟仍等不到雾散看清跑道,只好又飞回贵阳。这事搅动了我内心的担忧。但去重庆开会已成定局,就算有风险,也得前往。

好在第二天重又起飞时,重庆那边终于天气好转顺利降落。最后有几位身体不宜乘飞机的老人改乘火车,由我和先生护送,只是"必须乘软卧不能要硬卧",这是表姑一再强调的规矩,她一点都不愿亏待了这些白发苍苍的大夏老校友。

汇聚从贵阳、上海、重庆等地的大夏校友,到重庆参会的共约五十余人。来往机票、车船票、宾馆住宿、就餐、活动、会议相关需要,一

重庆王伯群纪念会期间，王德龄（中）与欧天锡夫妇（2004年）

切费用均由表姑私人支付，自掏腰包。

　　2004年12月6日，重庆江北区，清冽的寒风吹过旷野，薄薄的雾霭笼罩着远方。满满一车人从一辆大巴下来，先在静寂的公路上走了一阵，然后转入乡间小路。这支举着花圈的队伍中有近一半是耄耋老人，行动迟缓、步履蹒跚，在冬日的乡村土路上蠕动，看上去很有几分奇特。

　　各路校友和亲戚汇聚重庆后，头天下午在酒店，由王德龄女士和来自上海华东师大的欧天锡先生主持召开了"王伯群先生逝世60周年纪念会"。欧天锡，系大夏大学第三任校长欧元怀先生的长子。

　　开完会，今天的重头戏就是到郊区来扫墓。

　　再往山坡上走时，小路变窄，队伍只能走成单行。要对老人家们进行搀扶也不易，因为路容不下两个人并排，只好边走边高声招呼："慢一点！小心点！"慢慢走到坡上那几棵大树下，守坟的早抬了几把木椅放那里，年纪最大的坐下来歇歇脚，年青一点的站在那里喘口

重庆王伯群逝世60周年纪念会会场正面（2004年）

重庆纪念会会场（2004年）

重庆纪念会现场发言（2004年）

陪同回国的保志宁在贵阳郊外扫墓

在王伯群墓前的保志宁与何应相（右）（八十年代中期）

气。然后再转弯走约三十米就到了坡顶。

"重庆市江北区文物保护单位王伯群墓"即在此。

王伯群墓保存完好。所以如此，竟是经过戏剧性的曲折。紧邻墓一直有户农家，早些时为了在田坎上搭个小桥，以使能下面流水浇灌庄稼上面又能走人，遂把王伯群的墓碑抬来，有字的一面朝下，无字的一面朝上，就这样做了若干年的"桥面"。"文革"时期红卫兵到处"破四旧"，打砸了不少文物，听说这里有座大墓，就直奔而来。到后找不出什么标志，认为是座无主乱坟，懒得动手劳神，一哄而散到别处打砸去了，这墓也就逃过了一劫。如果他们知道墓主是王伯群，这个长眠已久的国民党交通部长还不知会遭到怎样的厄运。

保志宁八十年代中期最早回国是到重庆，目的为寻王伯群墓。她与时居重庆的何应钦之妹何应相一行人，在记忆中的这个方位寻来寻去，认为只有这一座坟可能是，只可惜没有墓碑，不能完全肯定。后问到了这户农家，说原来是有个碑的，现正在田坎上搭着当桥用呢，去看看是不是。待把那块硕大的石碑翻转过来，见着了刻字，才肯定这确实就是她夫君的长眠之地。农家无意间保全了王伯群墓，从此也就被保志宁聘请为守墓人。

坡顶上面积不大，地势平坦，只有一墓孤立。水泥筑成、圆形拱顶的墓体在日晒雨淋中已明显呈黑，但依然坚固完整。坟四周有三级台阶，距坟较近，人要跪拜只能在台阶之上。

安放好花圈花束之类，我们几个作为晚辈先对王伯群墓跪拜，然后其余人们或行礼，或鞠躬，也不乏有与王校长当年感情深笃，现今不顾年迈跪地磕头的。等大家都行完礼数，最后上去的才是表姑。

表姑虽在美国长大，却非常有中国传统。她去给我父母扫墓时，双膝跪地，上身挺直，两手垂直放于两肋，静默片刻，才开始磕头。磕时头部完全着地，直起身来，回复到上面的姿势，然后再磕。三个头磕下来，她说，这里面是两个人，所以我要磕六个。她指的是里面除了她的表兄，还有表嫂，也就是我母亲，于是又来了三个标准的跪磕。

此刻，她正用这样的姿势跪在正对墓碑的台阶上，一脸肃穆，略带几分忧伤。三炷香点燃，静默片刻后，便把头深深地磕了下去。她的肩部和头垂下台阶，长发便倒扑下来，又散乱开去，完全盖住了头和脸。我隔着墓堆从对面看她，只见倒冲着天空的卷屈身躯和瀑布般泻下的长发。时间一分一秒过去，她就保持那样一个姿势在墓边长跪不起。十二月的北风在小山顶上阵阵吹来，长发在台阶下随风抖动，看去象是在悲恸痛哭而晃动了头发。风把那带着丝丝白发的长发越吹越乱，直到乱如一堆蒿草，她仍然一动不动地伏在那里。

在场的人默默望着那堆在风中颤抖的"蒿草"。

"孝女啊！"又是我先生，从内心轻轻地、深深地发出慨叹。

她匍匐着的那片土地下长眠着她的父亲，对于她来说，相当于从未见过面，越是如此，思父之情越是绵远深长。

大夏大学内迁贵阳后，相对的和平安宁总共维持了近七年。1944年冬"黔南事变"，学校被迫第三次迁移。保志宁在《略记王伯群先生的事迹》中记述："迁贵阳以来七年中，物价高涨，预计失平，左支右吾，心体交瘁，其中艰苦困难，非笔墨可以形容……黔边告紧，一夕数惊，先生既虑家乡之沦陷，又恐毕生经营之大夏，从此付诸劫灰，苦心焦虑，病更加重。十一月底先生安排大夏师生迁往赤水，十二月初始到渝，亲理公务，到渝后即肠胃出血，更加不支……"王伯群被送往重庆陆军医院，虽经输血数次，终因出血不止，以致心脏衰弱，后病逝于重庆，终年仅60岁。

几乎所有人都认为表姑是一个遗腹子，在王伯群逝世后才出生，在这一点上，包括我的父亲也记错了。我近年在她母亲亲手写的一份材料上看到，表姑出生于1943年12月，也就是说，是时，她刚满周岁，之后便跟着母亲漂洋过海。半个世纪的光阴中，她只能在异国看父亲的照片、史料和听别人讲父亲的故事，连想去父亲之墓看看也遥遥不可及，因为王伯群是葬于中国重庆的这座小山岗。

一岁以后，她再没有接近过父亲慈爱的、带着体温的身躯。五十五年来，或许只有此刻，她才切切实实感到离自己的父亲最近。或许，她把匍匐着的那片土地想象成了父亲的身躯，她正在用这样的方式，与王伯群先生进行父女之间特有的交流……

杭州有一黄姓老人，当年曾在王伯群手下做过秘书，因年老多病住了院，表姑近来回国必当大事去杭探望。贵阳这边一堆事等着她，第二天她却飞杭州了，一去竟十天半月的不见归。我们很着急，每天电话、电子邮件地催，却总是催不回来。后来得知——说来令人难以相信——她居然在那边的医院里服侍住院的黄老爷子，直至在那里为之喂水、喂饭；端屎、倒尿。

在美国，表姑也会做公益，做义工，但相信不致如此。中国有她的"根"，只有在这里，她才能寻觅到把对父亲的感情转移过去的具体对象与环境。

平时她对大夏校友都心怀一份感情，因为大夏与父亲紧密相关。她本人一直服用美国产的一种维生素，有时不吃饭，吃几粒维生素就可以。我们一致认为她身体好，精力充沛，与她常年服用此有关。她背上鼓囊囊的背包，拿下来我先生提起都觉太沉重，打开来，常有数十瓶这种维生素，她是拿来分发给年纪最大，身体最差的大夏校友的，十几年从不间断。这些沉甸甸的维生素瓶子跟着她从这个国家飞到那个国家，从这个城市飞到那个城市，等我们接到她放下背囊时，常见到汗水湿透了的后背。

表姑甚至还从美国背来了两副钢管的，带坐垫的"拐椅"。这种拐椅走路时作为支撑身体的拐杖，走累时打开附在上面的皮坐垫，就成了随时可供落坐的椅子。这对于身体虚弱，行动不便的老人自然是相当适用的。其实中国也有，但她认为美国的好："这样的东西一定要又轻便又结实。轻，让老人拿得动，结实，让安全有保障。否则，老人坐下去的时候垮掉了，那不要出大事吗？"两副拐椅，加上她的行李一共有多重，我不能具体知道，反正我先生去试着提时是用了大力，一边提一边不由自主地喊："哎呀，好重，好重！"以至多年后还不止一次地说："德龄太'涨笨'了，那么重的两把钢管椅加行李，那背包重得我都提不动！难以想象她怎么从美国一路背到贵阳。"——而把这个带来，是因为，她老早就注意到了大夏校友中的两位年高体弱者，这是专门为了送给他们的。

校友中谁当年与父亲最接近，她对谁就更多一分眷顾，甚至是眷恋。黄老爷子既做过王伯群身边的秘书,在表姑心里,直接就沾带父亲的信息,甚或透过他似能体味父亲的音容笑貌。病床上的黄老爷子,冥冥中让她想起了当年在重庆陆军医院的父亲。所以,她的对黄老爷子喂水喂饭,端屎倒尿,就是一种自然而然的顺理成章的事。

但老人有子女,表姑的热心肠引来了黄家子女的警觉,其中几位集体找她谈话,非常严重地警告她:

"我爸没有什么遗产。你不要想有任何企图! 我们也不欢迎你来!"

表姑回到贵阳,蔫蔫的把事情全盘告诉了我们。她精神委顿,说话声音也低,像被霜打蔫的庄稼,又像一个正在热情高涨的小学生突然之间受到了莫名冤枉。但连我都没想到,她刚把上面那句话说完,我们几个不约而同地爆发了大笑,直笑得前仰后合。

这笑意有点复杂。有那么一二分是对她去杭州"多事"的幸灾乐祸,更主要是那警告委实太荒谬可笑,与当事人的心理风马牛不相及。人与人之间的差别真的是为什么那么大呀!

我们的笑让表姑更加不知所以,她不明白自己到底做错了什么。

堂妹直接对她咋呼:你活该! 谁叫你去这样孝顺! 你所做的这些,子女都未必做得到,人家不误会才怪呢!

第九章

表　兄

在我熟悉和了解的人中,论与圆顶房及其主人王伯群夫妇关系近密,自然要数我的父亲了。他的母亲刘从兰是刘显潜的长女,与王伯群是亲表姐弟。父亲自 1985 年保志宁回过国后,就一直受托在为圆顶房的事情奔走。表姑回国后,曾神情凝重地对我说:"你的父亲,我没有见到他,这很怪我,我至少应该早一年到中国。"是的,如果她早到中国一年,还能见到她的表兄。

保志宁 1984 到重庆,是她第一次回国。去国四十年,与中国内地互不通音讯,虽都各自生活在地球的东西两半球,却似乎成了生死两茫茫。故地重回,思绪万千,无数人和事在脑中闪现,她第一个打听的是我父亲。问人家说:"发智怎样?""发智和贞一还好吗? 他们过得怎样?"后来到了贵阳,与我父亲等见面,但得知我母亲已过世,再无相见之日,不胜唏嘘。

1941 年时,我父亲受聘为大夏大学中学部主任、职业教育系讲师兼农场部主任。作为王伯群的外甥,又是大夏的教师,父亲是圆顶房的常客。而我的母亲那时正客居王府,与保志宁同在"贵州战时儿童保育会"效力。

我父母第一次比较正式的相互认识,是在圆顶房的客厅里。

那时约是 1940 年底,我的外公应王伯群等人邀请从毕节到贵阳，住在王府。此次在圆顶房下，主要为商议撰写贵州护国、护法这两大战役史事。当时，外公从延安回到贵州已约有两年，早在他初回黔时，贵阳便得到各处特工人员的报告，对他布置了防御。他回毕节乡里闭门读书，写作，也一直受着国民党反动当局的严密监视和控制。

自1921年那个转折点后，周素园与王伯群，他俩是在什么时候重又开始见面，是我关心的细节，但这的确已难考证了。

吴照恩先生在《记伯群先生与素园先生的一段珍贵情谊》一文中记述了他的所见："1938年……在府内（指王府，即圆顶房）看到一位蓄着长须的长者，面容清癯，气度不凡。经询二人，才知这就是贵州名人周素园先生……在当时对于从延安回来的人，国民党都心存戒备，严加监视，有时甚至不择手段，借故绑架或暗杀……此时正好王伯群先生赴渝开会，得知周先生到了重庆，立即去看望周先生。并邀周先生在他开完会后乘他的专车同回贵阳，并住在护国路王府公馆里，实际上把周先生保护起来。"

"须知，当时这样做是很不容易的。对于周先生这样一个到过延安已被共产党'赤化'的知名人士，一般人避之惟恐不及，谁还敢请他住在家中，惹火烧身呢？再则以伯群先生在国民党中的地位，按说也应该避嫌。然而，伯群先生把这一切都置之度外，全心全意地保护周先生，这是出于王氏昆仲与周先生的深厚情谊。在当时只有他才敢于作出这样的举动，而国民党的军警宪特对他也无可奈何。"

依吴先生文中记述的时间，外公于1938年曾与王伯群见面并在圆顶房住过。那么1940年这次至少是他们的第二次见面了。也是这次周素园与王伯群等在圆顶房的再次聚首，成为我父母生活中的重要转折。

一天在客厅里，王伯群举办家宴，替周素园接风。我父母当天都应邀在座。母亲之前听说过父亲，俩人也打过照面，但平时各忙各的，没有多少交流，这次他们算是聊了不少的话题，彼此有了较多的了解。外公则是第一次见到我父亲。周素园与刘显世（我父亲的叔公）自是宿敌，但"圆顶房"无意中成为一个媒介，在此后成就了周素园女儿与刘显世侄孙的婚姻，这或许是当时在座的所有人都不曾料到的。

后来我母亲也到大夏大学任教，俩人接触的时候增多。在一次学生集会上，作为中学部主任，父亲站在台上对全体教职工和学生训话。他年轻时在脸型、五官上与孙中山有几分相似，母亲说，当时父亲的背后是红色的旗帜，那天他穿的是中山服，站在那里两手叉在腰间，说到着重处，一手举起在空中打着手势，无意间颇有孙中山先生的风采。这一形象触动了具有进步思想和一直追求光明的我母亲的内心，留下了深刻的好印象，慢慢的俩人谈起了恋爱。

在王伯群保志宁夫妇看来，一边是挚友的女儿，一边是外甥，俩人从年龄学历家庭等方面都般配，作为长辈，他们尽力撮合，并设法在年轻的一代心中淡化那层世仇影响。外公虽与刘显世不共戴天，并吃尽了由刘显世等人加之于身的迫害与磨难，但他并没有因此而去干预女儿的婚姻。尊重女儿自己的选择，是外公的态度。但家庭内部并不是人人都这样开通豁达，阻力是有的。这种阻力，有意无意间通过一些生活细节表现出来。

有一次，父亲去未来的老丈人家做客，他与我的外公和母亲坐在院子的桂花树下说着话，厨房里则在为了款待他而忙碌着。也许为了对当年与刘显世的仇恨要多少出一口气，也许为了给点颜色这个未来的夫婿看,也许纯粹就是为了逗乐取笑,总之,在厨房里忙碌的人搞起了恶作剧。冒着热气的汤圆一碗碗端上来了,别人吃到的都是芝麻核桃红糖馅,唯我父亲碗里的每个汤圆都包着呛人的辣椒……

吃了辣椒汤圆的我父亲后来也渐被母亲家里的其他人接受,但当年被刘显世等迫害从而十年流亡、丧妻失子的惨痛经历,在一些亲属心理上留下阴影,多年后也挥之不去,却也是不争的事实。

我父母结婚后不久,父亲想从大夏大学中学部主任的位置上辞职,原因想去专心从事他的农业。在王伯群眼里,我父亲是他信赖的晚辈和得力的工作骨干,因此很不情愿。思虑再三后,为了照顾到年轻人的专业和志向,最终接受了父亲的辞呈。他对前来接任的吴照恩先生说:"发智是学农的,就让他去专心搞农业罢,这里由你负责起来。"

父亲1934年毕业于南京中央大学农学院园艺系,早在四十年代中后期,他在农业科技方面已小有成就。

在中央大学毕业后,经人介绍,父亲在南京中山门外孝陵卫创办教导总队农场,任农艺指导员兼农场部主任,应用科学方法试验种植果树、并兼办畜牧场。抗日战争爆发后,于1938年2月回贵州,不久接任贵州省立农事试验场场长。

这段时间,由他第一次在贵州引进法国梧桐并成功植活。与此同时,他开始试验引进美菸(烤烟)的种植和烘烤。在贵阳六广门外(现体育场)办场时,他在作了充分的研究后,第一次尝试把从南京试验场带回的美菸种子播植在贵州土地上,不久美菸的种植获得了成功。

1940 年之前，虽然近邻的云南早已是烟草大省，但贵州却一直不能生产香烟。那时，贵州农村只栽培少量的土烟，俗称叶子烟。与此同时，有的地方或公开或偷偷地种植鸦片，由于当时政府对此时禁时弛，各地大小军阀、土匪恶霸等趁机从中获利。农民迫于穷困，想种大烟卖大烟赚钱，但实际上又越种越穷；越穷就越种，形成了一种极度的恶性循环。只要稍微富有良知、稍具清醒意识的人士，都认为这种状况不能继续下去而亟待改变。

　　那时，何应钦的胞弟何辑伍担任省政府委员，后又任了贵阳市第一任市长。何氏兄弟二人对贵州烟草业十分重视。美烟经我父亲手在贵州试种成功后，经过一段时间的摸索和对美烟种植的推广，贵州烟草业开始发展。民国二十九年即 1940 年，贵州第一次生产出"黄河"牌香烟，从而结束了本省不能生产香烟的历史。

　　1943 年父亲到毕节接任专区农场场长兼建设科科长，继续在毕节大力推广美烟的试种和开发。该年元月专署召开县长会议，父亲建议各县都试种美烟藉以增加农民收入，并强调美烟作为"禁烟"后，即禁止种植鸦片之后的"抵补作物"，是使广大农村致富的良方。他把从贵阳带去的"佛光"烟种按毕、赫、威、水、纳、等九县各分发半斤，同时发放由他编写的《美烟种植及烘烤须知》小册一本，并当场解答问题。经过鼓动，县长们都表态愿意回去试种，有的还说愿在两年内赶超贵定。由于持续大力推广，短短几年时间，贵州烟草业发展很快。镇远、独山、毕节、遵义等四个行政督察区的美烟种植达六万余亩，而全省总种植面积则超过十万亩。

　　搜索百度百科与搜狗百科的"何辑伍"词条，其中作了如下记载：

　　"何辑伍与何应钦早在 30 年代初，在与家乡人议论禁种鸦片烟时，就萌生了用烤烟代替鸦片烟的想法。在何辑五担任省府委员后，

贵阳伯群中学师生、校董合影，前排坐中穿黑西服者为赵发智

九十年代初期的赵发智

九十年代时期的作者一家与父亲

更把当年的这一想法付诸实施。1937年秋,他把在30年代初期毕业于南京东南大学农艺系(应为中央大学园艺系),有一点种烟和烘烟技术的家乡人赵发智,从兴义要来贵阳,亲自带其去见省政府建设厅长叶纪元,委任其为省农业试验场场长。赵通过两年的试验摸索,基本掌握了种烟和烘烤的技术,修建了贵州第一间烘烤房。"

"贵州企业公司成立后,积极参与烟草的经营和发展,拨款支付省农业改进所(赵发智任场长的省农业试验农场并入该所),进行烤烟的试验和推广。""此后,省政府与何辑五对全省烟草业的发展极为重视,训令指令,下达文件,联系电函不断,既有行政方面的,也有外销计划、同美国联合生产的办法,检定简则、等级标准确定等方方面面。

1940年7月,内迁青年烟厂在贵阳建厂,改名为贵州烟厂,何辑五的企业公司投资20万元,当年每月生产黄河牌香烟六七箱,结束了贵州不能生产香烟的历史,填补了贵州的空白,此后逐步发展成为贵州的一大产业。烤烟种植也同时在全省广大农村逐步推广。据不完全统计,到1949年6月,全省种烟面积可能超过10万亩。"

我想,这是贵州烟草业发展早期的一个缩影。只是人们不知道,何辑伍当初把我父亲找来,除了因为他学农和已经摸索出一些烤烟的种植经验,还因为有一层亲戚关系。何辑伍,当初也是圆顶房的常客,他是何应钦的四弟,只要人在贵阳,他就常去圆顶房,与三哥何应钦夫妇聚会。何与王婚后多年没有子女,何辑伍将自己的女儿过继给了他们。何应钦既是我父亲的三姨父,何辑伍也属长辈之列。因之,他对我父亲比较熟悉和了解。虽然贵州人那时都不懂烤烟,但他明白我父亲专业知识扎实,加上特别实干、能吃苦,肯定会不负众望。

现在的人抽着贵州产的香烟,不会有人知道它的过去,也无人会去刨根问底。如同薄纸卷着烟丝燃烧，轻烟袅袅绕绕后消散，往事，已然如烟。

贵阳市现在被称为"森林之城"，并以"林城"作为别称。森林覆盖率达40%以上。尤其距市区不远的图云关，山势绵亘，森林延绵数十公里，其中各种珍贵树种上千。由于成林时间长，面积广袤宽阔，林木种类繁多，1999年被列为"中国名园"，并被冠于全国城市森林公园之首的美誉。

望着图云关的起伏林海，连绵翠岭，又有几人知道，在每一棵大树的脚下，每一片森林的背后，都有不为人知的故事，都有几代人默默无闻的，甚至不惜生命的付出。否则，贵阳四周，哪来的林木参天，哪来的绵延林带？

1948年6月，我父亲接任贵州省农业改进所第四任所长（贵州农业改进所是现贵州省农科院的前身），并同时兼任贵阳省立高等农业职业学校校长。是时，图云关林场与长坡岭林场也一齐并入农改所，省高等农业职业学校中设的森林系或林学科学生参观或实习，都就近到图云关林场。因此当时，图云关林场一度被称为模范林场。

当时父亲的理念，贵州乃一"山国"，贵州山国的农业应该以林为主，只要全民奋起苦干，十年达到30%的覆盖面，则穷困省就能改变面貌。当时图云关林场已办了几十年，但营林面积不到4000亩，父亲设法增加了经费和人员，雄心勃勃地希望能在两年内达到一万亩。他制定了图云关林场的远景规划，并得到相关会议的通过同意，于是带领全体职工甩开膀子大干起来。开荒筑路，筑墙起屋，披荆斩棘，伴着晨鸡暮鸦，终年辛勤忙碌。慢慢地，一座座新屋在翠薇中耸现，有图书室、阅览室、托儿所、幼儿园，工人识字班，还举办了学术论坛，

　　　　　　　　　　　　　　　　　　　　　　　我的美国表姑

父亲一心想把图云关林场办成真正的模范林场,再向全省推广。

他设法征得省府同意,在现油榨街往观音洞、直抵马鞍山一带建起了一个近300亩的大苗圃。大型推土机轰鸣着推平了乱石岗、土坟、荒坡,人工加机械平整了土地,然后引进了水杉、雪松、世界爷、落羽杉等。这苗圃主要是为图云关林场的发展建立的营林基地,每周六,父亲还带着全体职工和部分高农的学生,热火朝天地在苗圃上开展半天的义务劳动。

在大家这么满怀希望地苦干着时,有一天,图云关森林突然失火了!

这里原文摘录了父亲写于1991年的《关于图云关林场演变的历史概况》中失火与救火的一节。亲历者的记述,读来让人如同身临其境:

"1948年冬,是一个北风呼呼的晴天。星期天休假,午餐刚用罢。林警忽报:'图云关森林失火!'火焰冲天!因为是星期日,人们都不在家,问我怎么办?我让他先跑回去集合场内所有人员,有几个算几个,拿镰刀先断火头,把离火头尚远的地方割除林间杂草砍出一丈左右宽的一条断火路,我跟即带起人来。殊不知我在所内跑了一圈,只有一个门警,一个炊事,一个值勤事务员。又忙忙跑到高农(仅一墙之隔),碰见号兵,叫他马上吹紧急集合号,于是有学生三十人及一个值勤事务员,参同号兵共32人,加上农改所2人,用两驾马车让他们分批坐上山,我则骑马先行前去看明情况。到下后见火势很猛,已把初生林带烧了不少!林警与场内家属十来人已在割除对门坡上的断火路,我带去的人刚到就兵分两路,用树枝扑打灭火。东打西又燃,噼噼!啪啪!两条火龙汹涌林间。一直战斗约五个小时到傍晚,火龙终于降伏,收队集中,当场进行口头表彰。可一个个花嘴花脸,衣裤烧破,眉毛头发烧卷,有的张口气喘,有的唇焦舌干。大家相视而笑,谁管得手破脚裂,鲜血珠溅! 只要能保住了国家财产,谁顾得两眼发红,头昏脑眩!

检点火场,已焚毁幼林及中生林带共约四百余亩。侥幸中仍感遗憾! 但那天假若我也进城去了? 假若高农学生 30 人也都不在校? 那该是什么情况?! 我最爱高农学生们的勇毅坚强,爱国热忱! 那天没有一个人躲闪,更无一个人当逃兵。都排在一排,时而围攻,时而分散,进退一致。这样的学生,这样的人民,确实难得! 当时我对他们涌起炽热的爱心! 而今回忆,仍使我终生难忘。

我们都极度疲劳,大家仰卧林间,静听松风,闭目喘息了一阵。回返所内,已是上灯时分,早已准备好的四桌便饭,大家欢笑一饱。这是图云关林场值得大书的一页史诗……"

每读至此,我常是热泪盈眶。今天我们已没法去一个个写出当年奋不顾身扑火救林的学生、林警和家属的名字,或许他们自己已把当年的事淡忘,或许已没有人记得他们,然而,苍翠欲滴的图云关莽莽林海,何尝不就是他们永恒的青春,经年不息的松涛声和阳光下绿叶的哗响,何尝不就是对他们永恒的颂唱!

事后查明,这次火灾系人祸,是有人上坟烧纸不慎引发。图云关虽躲过一场灭顶之灾,但前方道路并不就此平坦,更大的人祸还在后面。

1949 年八九月份时,贵阳时局开始紧张,国民党军队云集城内外,社会秩序混乱不堪。一天,父亲到大西门外华家松山林场办公室去探望。华家是民国时期贵阳有名的富豪,老贵阳人都知道"唐家的顶子,高家的谷子,华家的银子"之说。资本实力雄厚的华家,投巨资在罗汉营一带及其反背的山里造林约 3000 亩,一出西门就能看见郁郁葱葱的森林矗立在前面的山上。办公室的人告诉他，社会秩序不好，现虽从外观表面上看去仍是欣欣向荣的大森林，但森林的深处，里面的林木已被偷砍了很多，大体等于是外实内空了。仅仅才过了六天，父亲又走出西门，竟见对面一连几座山都是光秃秃的，一棵树也没有了！一打听，才知是驻军和散兵游勇把华家松山的森林全部剃了光头！父亲吃惊不小，这森林，建造难，毁灭易！华家森林不属于省农改所管，但华家森林的命运绝不能也落到图云关林场和长坡岭林场的头上！

他迅速跑到当时的建设厅，七请八求，好不容易办好手续领得四支长枪和四套警服，然后马上回所，即日武装了图云关林场及长坡岭林场各两名林警，并交代要他们严格认真执行"森林警察条例"，不能胆小怕事，如林场发生砍伐事故要拿两个场长是问。图云关林场原有十支步枪，但无子弹，现在又补充了一些子弹，父亲让场部把枪交给可靠的老工人，要他们带枪上山作业，实行武装护林。并部署好发生事故时，长坡岭林场要与当地民政局联系，图云关林场要与警局及当地驻军联系。

当时那些偷伐者是天不亮就上山，早上七八点就捎起木材下山。于是一连数天，父亲亲自带着人、带着枪，一到天亮时分就往山上赶，往往就把偷砍完捎着木材下山的人抓个正着。抓着兵，交给驻军处理，抓着民，交给八分局处理。每天竟要抓获偷伐者20人至50人不等。这样连续坚持数日，偷伐的终于逐步减少。

把那段混乱时间熬过后总查，结果是长坡岭林场总损失约五分之四，仅场部周围那一片得以保存，其余几乎都被伐光；图云关林场则得到较好的保护，总损失大体为全部林木的五分之一。

父亲早年对我们颂读冯玉祥将军关于爱树护树的打油诗：老冯

驻徐州/大树绿油油/谁砍我的树/我砍谁的头！据说冯将军喜欢植树，每到一驻地都要让手下设法栽树种苗。前人栽树，后人乘凉，要达到树成材，木成林，其中还要付出许许多多不为人知的劳动。尤其树木成材后，护树更难。冯玉祥深知个中艰辛，所以对偷砍树木的人恨之入骨。"谁砍我的树，我砍谁的头！"说的真解恨啊！我不知冯将军是否真以砍掉偷伐者的头颅作为警示来护林护木，但我知道父亲和他的同事，还有父亲调离之后继续在那里植树护林的工友们，只能用恪尽职守，用无比的忠诚，甚至是用生命，日复一日，年复一年，来完成对森林的呵护。

经历了火灾和大面积滥砍的这两个林场竟得以保存下来，并越发葱郁繁茂，与其说是地上的肥土和天上的雨水滋养了它们，不如说是种树人与护树人的汗水与泪水滋养了它们。

"我没有别的东西奉献，唯有辛劳、泪水和汗水。"这是谁说的？真是深有心得，引人共鸣——丘吉尔，英国前首相。此话用在这里，正好成为无数默默奉献的森林守护神的写照！

四十年代初中期，父亲曾用人工方法生产出"三五"牌香烟，在场内还试验种植出杂交高产水稻、玉米。在毕节专区农场时，他第一次在那里试种成功了花椰菜（花菜）。时逢一天有客人到家里吃饭，其中有当时的贵州商界巨子刘熙乙、刘裕远两兄弟、毕节专员廖兴序、省参议员吴颂平、秘书黄通等。这时桌上端出来一盘新炒的"花椰菜"，在座客人都说没有见过，很是新奇。经父亲介绍后，大家争相品尝，都说好吃、好香，说第一次在毕节吃到这种"赵先生菜"。

1974 年秋，我的父母还在安顺，而我本人在清镇的燃化部第九化建公司。母亲在这时得了重病，我们把她送到贵阳住院，全家人也时时赶往贵阳。

有一天傍晚,我和父亲从医院看望母亲出来,在六广门一带沿着道边的法国梧桐往旅馆走。父亲突然站住了,抬头情意深重的、无限感慨的看着那些法国梧桐:"啊,这些树现在长得很好了。到处都可以见到了。"他扬头对着繁枝茂叶看了很久,不舍得走开。良久,边走他边告诉我,我从此才知道,树形身姿优美,具有良好环保功能和遮荫功能,在贵阳或贵州其他城市随处可见的法国梧桐,过去贵州是没有的。当年第一个在贵阳引进这个树种,并把它植活的人,就是我的父亲。最早引进种植的地点,就是六广门,那时,省立农事试验场在六广门这一带办场,父亲是场长。或许,那一排排的法国梧桐,便来自他当年的亲手种植。我于是明白他刚才看着那些繁枝茂叶时的心情了。

从此,我对法国梧桐别有情愫。

如今去到安顺农科院(原安顺地区农科所)结满累累果实的果园,那里的很大一部分是父亲在那里嫁接的。确定选择什么样的植株,在什么部位切口,用什么样的角度及刀法,一切都在他那双手的摆弄下。有人告诉过我,当时别人嫁接的这批苹果梨几乎没有一棵成活,唯有我父亲,嫁接一棵活一棵,最后成就了这一大片果林。

因为工作需要,父亲一直被单位聘请为技术顾问。直到1988年8月,79岁时才退休。

父亲的业绩,在世时从没得到应有的肯定,更别谈提升他的待遇或进行表彰。1949年后,他一直因为出生他的那个"封建地主大家庭"——也就是与表姑德龄共同有关的这个背后的家族,尤其为其中的刘显世、刘显潜、何应钦等深受牵连。即便他做出了一些成绩,比如烤烟,恰恰又因为是与上面这些人物有关,怎么可能有所肯定与彰显？过去的历次政治运动没有对他实行更严厉的惩罚，已是幸运，原因之一，就因为他有一技之长，因而"文革"及之前，对他的政策一直是为四个字："控制使用。"

好在我的父母都十分淡泊名利。他们对名利的淡泊，对自身的严格要求，达到了何种程度呢？说出来，今天的人们，可能已经很难想象。

1956年因兴义与安顺两个专区合并，父母将从兴义调安顺。有人立即建议母亲，趁这个大动作的机会，给你当副省长的爸爸说说，你们就能直接调回贵阳，在老人身边也好有个照应。当时我们还小，听了别提有多高兴，跳进跳出的对着父母嚷嚷"调贵阳，调贵阳！"那之前，我们只能在每年的寒暑假，由母亲带着去贵阳，住进那个长年有一个班解放军站岗放哨的外公的住宅。在我两个哥哥内心，想着以后可以天天缠着值勤的解放军，也去站岗放哨了；而在我的内心，想着以后可以天天在那个大花园里玩耍了。

但让我们失望的是，父母完全不向外公提此事。只是规规矩矩的按组织安排调到安顺，又按组织安排分别到安顺农校参加创建和到安顺一中任教。几年后又根据工作需要，分别调安顺地区农业科学研究所和安顺师专。

长大后我慢慢明白：以父母的品性，不会张口向外公要求调动；以外公的人格，绝不会动用声望和权利调动子女。

母亲高水准从教，几十年诲人不倦，受到大量学生的崇拜和欢迎。很低调的做人，从不对人谈到自己的父亲。直到1958年外公辞世，悲痛的母亲拿着电报和刊登了外公去世消息的报纸，到学校请假赴筑奔丧，大家才知道这是她的父亲。同事惊异地纷纷发出感慨："哦，在一起工作这么多年，我们这才知道周贞一老师是周副省长的女儿!"

父母这一代知识分子,除了学养深厚同时又淡泊名利,还具有思想的豁达与持重,具有牛一样忍辱负重的精神。我父亲遭受了诸多的不公平,母亲也跟着受苦于长期的牵连,但灵魂世界里支撑他们、牵引他们的,是如何用自己的知识与特长为国家、为社会服务,其他一切都可以忽略不计。用"经世致用"尚不足以概括他们的价值观,还得明确地加上"为了新中国。"

记得,1956 年底,那时父亲已调安顺在参与创建农校,校址在凤凰山与盔甲山一带。有一天,对面宽阔、冷清的田野那头,突然堆积了大量的铁轨、枕木,线一样笔直地排列,伸向两端远方,把绿色的田野正好从中间切成了两半。父母眺望着那一方,竟少有的、像孩子般兴奋和激动:"啊!这里要通铁路了,落后地区要发展起来了!"我们不懂通铁路意味着什么,发展是什么,只是受到他们那种喜悦的感染,也跟着欢欣不已。现在,我仍常想起稻田里,一字排开伸向远方的那些枕木,想起父母的激动和喜悦,体会到的是国家的进步与繁荣在他们心目中的分量,和那一代知识分子品性的敦厚与纯良!

近些年来,一些学者对相关历史进行研究,在自己的学术著作或作品里写进了关于赵发智在贵州农业方面作出的贡献,虽篇幅不大,却如久沉湖底的珠玑浮出水面。目力所见,有由贵州人民出版社出版的毛继强先生专著《故纸拾轶》,有作家古龙岗的长篇小说《混在抗战》等,我相信,随着时间的推移,历史还会继续作出公正的评说。

当年,为了刺激烤烟生产,得开办卷烟厂大量收购烟叶,农民种出的烟叶有地方收购,才会产生继续种烟的积极性,以此社会经济得

赵发智（前排居中者）与兴义同乡

八十周岁仍徒步登上昆明西山的赵发智（1990年）

赵发智与孙子（1985年）

赵发智与女儿在昆明西山（1990年）

以活跃。在此背景下,父亲曾在四十年代中期应邀出任毕节卷烟厂经理,后又担任了贵阳恒恒公司经理。即便在他离开公职进入工商界的那几年,实际上也没有与农业彻底分离。几年后他复又完全回归农业科研。可以说,一生中他的工作单位始终不离"农":农场,农校,亚热带植物研究所,农业科学研究所。

于是,我虽是个"城里人",但甫一出生,就与农业有瓜葛。

我出生在"观稼楼",此楼位于当年贵阳油榨街一带的贵州农业改进所。农改所的观稼楼,在此放眼望,四野自然是"力尽不知热,但惜夏日长"的辛勤耕耘,亦或是"稻花香里说丰年,听取蛙声一片"的惬意。

六十年代中期,我曾有大半年时间跟着父亲在农村工作。因而见识过农村的烟窑,或叫烤烟房。

烟叶从种植、大田管理、叶片采摘,都很有讲究,尤其烘烤是一个十分复杂的,技术含量很高的过程。如果烘烤得当,烟叶充分发挥了质量潜力,则田间管理、成熟采收、烘烤调制各占效益的三分之一;如烘烤不当,将会把之前所有工序中付出的人的劳动和经费投入全部泡汤,损失不可估量。

烟叶烘烤时,要严格区分上部叶、下部叶、中部叶,因为它们在烤房中脱水的时间,变黄的时间,发出香味的时间都不一样。编杆、装炕、杆的间距、密度、都要严格按照标准,至于温度、湿度的掌握、烟叶何时脱水、变黄、变香,更需要经验、细心,是一个需要讲求科学的过程。

有一回,父亲下乡,他那次并不是去指导烤烟,而是另有任务。但是几十年的摸索与研究,烟叶的种植与烘烤,烟叶在烘房中那些细致入微的变化,与他的生活甚至生命有了某种天然联系。天擦黑时,一阵晚风徐来，父亲深吸几口空气后，突然站住问道："这附近有烤烟房吗？"同行的乡干部回说前面有一个，但还隔得远。父亲说："快！你去告诉他这窑烟里，至少有十几竿已经烤过头了，过黄了，赶紧去处理，否则一窑烟叶都要给烤坏了！"那干部不大相信，心想隔烟窑还这么远，眼睛都没见着烟叶，就能说烤黄了烤过了？父亲却说，"肯定过了。你赶紧去看！"那位干部只好一路小跑，去到那座烟窑，叫烟农开窑一看，果然，因为温度没有及时调控，真有一部分已经超过"定色"的色相标准，由"黄"向"焦"了。如果再晚一点，这窑烟全部损失的局面将无可挽回。

后来，父亲在安顺华严公社蹲点搞水稻"样板田"。为了科研数据准确，采集的水稻样本要多，而且面要尽量广，因此一天要跑多处水田，在一块大田里还要选择几个不同的点。我和父亲每天卷着裤腿，像两个老农一样，随时随地踩下水田，又带着两腿稀泥拔出脚走上岸。不用洗去腿上的泥，因为只要选好了点，又要反复再三地踩下水田。

我能做的事是跟着他弯腰在水稻根部，在他的指导下数水稻分蘖的数量。那是稻谷即将成熟的季节，满田满坝飘荡着稻香。不过当双脚和双手都泡在泥水里，脸埋在水面上，一根根的数筷子般粗细的、有点滑腻腻的根部分蘖时，闻到的就多是泥水和带着腐叶的气息了。

有时父亲像想起什么似的突然拔脚起身走上田埂，掏出本子记录。我从水稻根上抬起头来，突然看见眼前是一幅色彩非常明丽的油画：头上是秋天蔚蓝色的天空，四周尽是金黄色的稻田，在这样的背景映衬下，站着皮肤晒成古铜色的父亲，他那时正一手拿着小本子，望着远处的某一地方陷入沉思。

　　　　　　　　　　　　　　　　　　　　　　我的美国表姑

重建后的国立西南联合大学校门

　　还没开始"文化大革命"时，对子女将来学什么专业考什么学校，母亲没有特别的设定。她是学汉语言文学的，毕业于西南联大中文系，时朱自清先生任系主任，闻一多先生任教授。母亲是班上的高材生。在我眼里，她是最具思想、学识、才智和眼光的女性，也是最称职的母亲。她的不为我们设定专业，是顺其自然由孩子选择的意思。

　　而父亲则有十分明确而执着的愿望，子女中一定要有一个接过他的衣钵，学农，考农学院，而且就学园艺。

　　为了达此目标，他尽力培养我们对农业的兴趣。在离家不远的地方开了小块荒地，目的在于让我们学习种植。在他的影响下，我们虽才读小学，但已知道中国耕地有限，土地资源宝贵，要充分利用地力。于是突发奇想，想种出一种植物，它头上的穗子结的是高粱，中间的杆上结着玉米棒子，泥下的根部结着土豆或红薯。父亲说，这个想法很好啊，这叫"立体农业"，你们可以试验，争取将来把它变为现实。

　　他常跟我们讲达尔文，讲米丘林，后者讲得最多。专程带我们走

作者母亲周贞一（右二）与西南联大同学

很远的路去看电影《米丘林》，那电影里面，人们一边克制不住地、贪婪地吃着米丘林嫁接出来的苹果，一边不好意思的对他说：味道太美了，你把我们全都变成贪吃的小孩子了！这一细节，至今在脑海里留下了深刻记忆。

米丘林对前苏联农业作出了巨大贡献，他是我们兄妹少年时代的偶像。

"我们不能等待自然界的恩赐，我们的任务是向自然界索取"。怀着崇拜我很早就牢记了米丘林的格言。

如果正常地继续学业，兄妹三人中笃定会有一个报考农学院，而且很大的可能会是我。

但，"文革"革了文化的命，十年浩劫，和在这之前迫害了整整一代人的"出身论"、"血统论"，让父亲这个愿望变为永远的泡影。

在我翻阅父亲留下的遗作时，见他的记事本中竟保留了两件东西，都可算是"文物"了，相信现今已很难寻到。一件是一张一九六八

　　　　　　　　　　　　　　　　　　　　　我的美国表姑

年十一月二十四日，"安顺地区农业科学研究所革命委员会群众专政专制小组第一号通令"，A4 大小的打印纸上写明："为了加强对农科所内一小撮资叛特反分子的专政作用，强迫一小撮阶级敌人遵守执行，特发此令。"一共六条，其中一至四条除规定他们不得乱说乱动，老老实实改造反动本性外，还规定每月交一次书面检查，每半月交一次改造心得，均利用晚上休息时间写出。第五条为："你们的家属及熟人来所，必先向专制小组报告，经同意后才能交谈。"第六条为："你们之间，不得相互勾结，搞任何阴谋活动，如有违犯，知情不报，通同做事者，一律从严处分。"最后强调，"以上各条，必须严格执行，每一个革命群众都有权进行监督管制，若不听从，革命群众随时可以采取专制措施，直到依法严办。"

另一件，是父亲写于 1973 年 6 月 26 日给某某和某某两"文革"主任的一个申请："因为我爱人心脏病及高血压又发作，处处需钱开支，我的衣服均已破烂需要补充，但家庭经济困难，拟请准暂借一百元，以救急需。"请注意，这不是向单位申请困难补助，那是不可能的。那些年，父亲既被扣发工资，竟然存款也全部被"冻结"，这还要不要人活了？要取自己的存款，得要他们批准。申请下方有一行某主任大恩大典的批示："经研究同意，从其存折中借给。"——真正是荒诞残酷到登峰造极！

申请里父亲提到自己的衣服已经破烂，需要补充。一个科技工作者，何以会身穿破衣烂服？这其实从另一个角度，证明了父亲当时除精神上所受的折磨外，还有肉体所遭受的大折磨。

经年累月做苦力，抬重物、砍猪草、放牛、放猪，衣服还不磨得又破又烂？好不容易接到信后，我那双手拿惯书本和教材，几乎从无时

赵发智在大夏校友的聚会上

间提针走线的母亲,找出父亲的好几件旧衣服,一针一线的缝了又缝,补了又补。在肩膀、手肘那些着力的地方,她刻意打了结实的补丁,看去如同挑夫或纤夫的衣装。同样又好不容易才请人捎去了这些衣服,是否收到也不得而知。过了很久,在一封他偷偷辗转从邮局寄回家给母亲的信里,我看到这样的几句:"……衣服收到了……贤妻手中线,罪夫身上衣,临行密密缝,意恐迟迟归……"

那几年,我们被革命群众连续抄过三次家,没有找到他们希望的"变天账"和反革命物证,便扬言还要来第四次,因为我家是住一楼,他们便要来掘地三尺,直到找出来为止。有一天,两个身强力壮的革命群众在我家屋外开着一辆货车倒车,轰然撞倒了窗外连着小厨房的院墙,破坏严重。我闻声站出去看时,那两人也正担心地从墙外伸头往里窥视。他们搞不清这是谁家,把人家好端端的墙撞成一堆残砖破壁,很是心虚,一副等着劈头盖脸的叫骂与索赔的紧张模样。等看清是我,感觉有点意外,立即大大地松了一口气,然后徐徐吐出一句:

　　　　　　　　　　　　　　　　　　　　　　　　我的美国表姑

"哦——原来是,赵发智家。"

我听着这句含义复杂而歧视明显的话,心里五味倒翻,一时不知怎样是好,在倒下的断墙边沉默地站着。"赵发智",在那时,在这个地区,是一个人人可以吐唾沫、人人可以丢砖头的符号。或许,我们因此只能忍气吞声……这时候,我的母亲走出来了。一向文静典雅,书卷气十足的母亲,突然像山一样挺立在门口,逼视着那两个人,用我从来没有听见过的严厉而强硬的高调嗓门,接着那两人刚落下的话音大声质问:

"怎么?! 是赵发智家,就可以撞倒不管了吗?!"

这一声喝问,是被"革命群众"专制的历史反革命、现行反革命、反动学术权威赵发智的家属,对两个革命群众的喝问。这么些年来,只有他们才能如此。"阶级敌人"及其家人都是夹着尾巴,在压抑与阴霾下生活,更遑论声色俱厉的发出质问。

那两人显然被这意想不到的一幕镇住了。其中一个迟疑了一下后小心地说,"哦,哦,我们来修,我们来修。"

第二天,墙被修补好了。

母亲不是不知道,仅这一问,有可能给尚未直接受到冲击的她带来灾难,但她完全无所畏惧。激怒母亲的并非是撞倒墙这事本身,而是那两人表露出的因政治歧视从而想逃避现实责任,想欺压百姓同时又还嗤之以蔑视的心理。母亲如何能容忍! 这是人迫害人的"文革"劫难年代在这些人心理上的折射。母亲实际是用自己的方式,对黑暗现实进行了愤怒的叩问!

时至今日,我耳边仍会清晰地响起那一声断喝。如果作为女儿,能从母亲的声音中听出更多旁人听不到的内蕴,我想我是听到了。那是貌似柔弱的母亲胸膛里,凛然气概和铮铮风骨发出的声音。

赵发智曾在此创办农场的南京孝陵卫街景

1971年深秋，我不顾一切的去看望父亲。他不能回家，不能请假，也不能写信。很长时间音讯全无，究竟是否已有不测，母亲和我暗暗担心。因为在那样的年代，像父亲这样的牛鬼蛇神如果死于非命，不通知家属也并不稀罕。

步行二十多里路去农场。路并不算太远，没有交通工具是一回事，关键是不允许，也不敢去，怕惹出更大的事。但这次顾不了了。我孤孤单单的一个人终于走到了荒凉简陋的农场。我不知父亲在哪里，四周几乎看不见人影，就算是见了人，我也不敢问。心里只知道这些年他一直独自在放牛，就下意识地默默用眼睛往附近山坡上寻找。

过了一阵，终于有一群牛从对面坡的半山腰经过，后面跟着一个驼背的、瑟缩的身影，两手围在胸前抱着一根长长的赶牛鞭。隔得较远，只看得见由于走在斜坡上，人与牛都趔趔趄趄。在经过一道沟壑时，膘肥体壮的水牛们一个个扬起蹄，重重一踩就过去了，踏落的土石和荒草从半坡纷纷滚下。牛都过去以后，走在最后的放牛人也来到沟壑前，他试了试，没有迈过去，他偶偶后退，把一只脚抬高，两手分开，一纵身越了过去。正是从那努力纵身一跃、有点笨拙、有点老迈的身影里，倏然意识那就是我的父亲。我心头一紧，顾不得周围是否会有人知道牛蛇神的女儿来了，反革命的家属来了，赶紧把双手合成一个喇叭，放开嗓门对着山坡上喊"爹爹——爹爹！"

过了好一阵，当放牛人赶着牛群终于来到我面前时，我已完全认不出他就是两年多不见的父亲了。他的胡子约有一尺长，在颏下杂乱地飘动，花白的头发很长很乱。身上衣服破旧，背上披件蓑衣，外加一个斗笠。他的脸庞十分消瘦，两边脸颊像地上的水洼那样凹进去，眼睛，最触痛我的是那双眼睛——那里面装满了深深的孤寂、屈辱、痛苦和对这一切的默默隐忍。这哪像一个三十年代就从名牌大学毕业的科技人员，分明不如街头的老乞丐！

"爹……"我刚喊出一个爹字，喉头突然一哽，眼泪便像开了闸门的水夺眶而出。从下乡当知青到进城找工作，我都背负着黑七类子女、双料反革命的女儿、家庭背景复杂反动等一系列黑锅。在一次次求职的失望中，我没有哭；在一次次直面社会对我的歧视和打击中，我强咽下眼泪；而此时，面对如此受磨难的父亲，目睹荒山上、牛群中父女相见的惨景，几年来，尤其是进城找工作以来饱受的一切委屈、悲愤、辛酸，突然间一齐向我袭来，我没法承受而放声恸哭。

我的突然出现让父亲很意外，又见我大哭，以为是家里出了事。他迫不及待地追问，是你妈病了？是不是你妈妈……他不敢问下去，他的意思是不是我妈出什么事了？我说不出话，我想尽快回答，不让他那么着急。但积蓄太久，陡然爆发的极度悲恸痛哭因为太猛太烈，我的喉头、声带、口腔，一定已经痉挛，完全不听指挥，想说话说不出来。父亲焦灼万分地搓着手在我身边团团转，嘴里不断地急急叨念："这孩子，这孩子，你要急死我，你要急死我……"我仍然还是只哭而不能说话。散发着牛粪味道，浑身滚满稀泥和荒草的水牛群，刚才就把我和父亲围在中间，或许它们通人性吧，现在也一个个着急地围绕着我东窜西转，有的还昂头哞——哞地叫，似乎在催促：说——话，说——话！但，我啊，仍是哭得无论如何讲不出话来……

这一幕，还有喉头、声带痉挛的感觉，我终生难忘。

无论是父亲，还是我，父女间有个默契的约定。那就是，无论在其他政治运动中，还是在"文革"期间，父亲所受的那些不公平待遇与迫害，他从不对保志宁和其他来华的亲戚谈，而我，无论是自己经历的，还是父亲经历的，那些不堪回首的"文革"中及之前的往事，十几年里我只字未对表姑提起。

为何要如此？我想，可能有三个内在原因：第一，出于自尊。自己所受过的屈辱，不愿再去提起，那层伤疤，越揭越痛。第二，出于爱国。再是亲戚，她们已加入美国籍，是外国人，"文革"对于她们只是一个抽象概念，没必要用亲身经历去对她们活化，这于我们自身也没什么好处。"家丑不可外扬"，这是一种最朴素的爱国思想。第三，尽管我们与国外亲戚已几十年不通信不来往，但我们头上仍有一条"海外关系"。有亲戚在美国，在台湾，那还得了了？那意味着你家是"美蒋特务"，意味着"里通外国，"意味着你们会"投敌叛国"……这真是个不见底的黑暗深渊。各种罪名外再加之，我们每天命悬一线。就像前面那张"通令"上说的，人家随时可以采取"专制措施"，直到进行关、管、杀——如果对舅婆和表姑她们说了这些，让她们情何以堪?！

八十年代中期保志宁（坐里者）回国时与
何应相在贵阳

保志宁与赵发智（左），一别四十年后的叙谈

保志宁（左三）回国时与部分亲戚和大夏校友在贵阳合影

保志宁与在筑部分亲戚和大夏校友（八十年代中期）

第十章

上海纪念会

在重庆开完"王伯群逝世六十周年纪念会"后回筑,没几天就跨入了 2005 年。这一年对表姑来说意义重大,因为本年就是她的父亲王伯群诞辰 120 周年。几年前,她与我同在贵州省政府礼堂,她那句发自心底的誓言,当在本年有所兑现。

　　说实在的,我有些淡忘了,但她对此早就有了一系列构想。

　　按她的设计,召开大型纪念会,同时在网络上推出王伯群专页,并编辑出版大夏纪念册和大夏校友回忆录。网页的设计和制作、域名申请等都已经着手;约在 6 月份左右时,出版物也完成了组稿、编辑,只待排版校对。因种种原因这两样事后来都搁浅,但纪念会却是一点不懈怠地一直在筹划进行。

　　纪念会以"王伯群后人、欧元怀后人、大夏校友"的名义发起,会址定在上海。所以如此,主要因为这些缘由:上海是大夏大学的创办地,原校址;王伯群与保志宁当年是在上海认识并在这里生活,愚园路尚有一处比圆顶房更大更气派的"王伯群故居";更主要因为,大量的原大夏大学校友,现居住在上海及周边地区,到上海去举行,才有利于众多的校友参会。

　　会议名称是"王伯群先生诞辰 120 周年纪念会"。像所有这类会议一样,本质上是公共文化活动,进行的是正能量的文化传播,是一种文化性质的公益活动。要说与其他名人纪念会有何不同,最主要在于,此会完全由个人来发起、组织、出资和实施。

这样跨省市跨地区地组织大型会议及相关活动,完全依赖个人之力,除了策划者需具有大魄力,还需要相当的经济实力。前者我们不担心,后者还是让我们隐隐有担忧。

按表姑的计划,参会者不少于五百人(后来实际到场六百人),会场与宾馆要五星级,各项服务与设施要上档次。如此,会场租用及布置、相关设施、五、六百人的就餐、各地来客的宾馆住宿、往返机票、车船票等等,像在重庆那样,所有费用由表姑私人支付,自掏腰包,如此,她得花去多少积蓄?

其实表姑不容易,她只是美国的一个中产阶级,不是富得滴油的大富翁。在中国她所花的每一分钱,都来自她自己和姐姐用工作挣来的"血汗钱"。因为要经常回中国,她辞去了波士顿的教职,改为参与其他工作。自她开始经常回中国后,基本模式就是在美国挣钱,然后用在中国,用在她要做的公益事情上。她自己的生活一直非常节俭,与奢华完全无缘,因为她本身就是一个彻底的素食主义者和坚定的"环保人。"有位亲戚这样描述她:"毛衣的袖子都破得掉出了线,冬天也不买件像样的大衣,对自己那么吝啬,却要大把大把地拿钱去做公益,去资助八竿子打不着的外人。"

热心公益的人士有的会为自己设定目标,比如几年中要资助多少人,要完成多少项目;有的还并不为自己设定目标,就是说没有极限,只要自己还有能力,还有健康,就会一直做下去。有的热心公益人士由于为社会和公众付出太多,而让自身的生活陷入了困境。有位长期从事公益的名人说过:"既做了,就停不下来,只好一直做下去。"我曾想过,那么做到何时为止?对于后面这类可敬的公益人士来说，也许是做到把自己奉献完了才为止吧。

我的表姑，大抵就属于这样的人。

开会地点定在上海锦江饭店。这是一家有着八十年历史的著名五星级花园式酒店，接待过多位国家元首和政府首脑，建筑具有独特风格，稳重典雅中透着浓郁的文化底蕴，很适合这个会议性质及参会来宾的身份。

重庆之行，全体平安返回，老人们无一发生任何事故。有此经历，这回再"搬"老人家们去上海，已不会成为争得面红耳赤的问题。只是这次的涉及面更广，邀请到参会的各方面人更多。仅从贵州来说，贵阳、都匀、铜仁、兴义等地就去了约四五十人，省外赴上海参会的，有北京、西安、昆明、重庆、杭州等地的大夏校友。

我们几个提前两天到了上海，参与进行各种会务准备。过程中与表姑虽也有意见上的不同，但总的讲一切进行顺利。

2005 年 9 月 6 日，纪念会如期召开。

早上正式开会前，很多人已提前到场。通往会场的过厅宽敞明亮，一边安放的工作台登记参会者和来宾，另一边是一溜铺有绣花餐巾的长条餐桌，欧式大型雕花餐具在上面一字排开，内盛各式点心，同时备有红酒和各式饮料。与会者们自由取用，他们一边端着酒杯，或端着点心小盘拿着小刀叉，一边在久别重逢的兴奋与喜悦中相互攀谈。

会议大厅的主色调为金黄色，主席台两边镶着浅黄加银灰的雕花板，正中为深红色的天鹅绒提花背景幔，红底黄字的会标悬挂于上方，台前放置一排鲜花与花篮，会场所有坐椅是暗紫色，椅背那一圈镶着圆弧形金边，在灯光下闪闪发亮。

这些座椅总共安放了六百个,开会时座无虚席。

大夏大学创办后在上海培养了大批学生,抗战胜利迁回上海后,在解放初期进行了合并,除学校的主体并为华东师范大学,有的科系并入了复旦、同济和另一些大学。所以,当天前来参会者来自上海多所大学(以华东师大最多),还有分散居住在上海周边的校友,以及从全国各地赴上海参会的校友。他们都已是耄耋老人,来参会的有不少是子女辈。来宾登记册上显示,上海市的一些政府机构、企业、社会团体也闻讯自动前来。事后统计,实际参会人数六百人左右,堪称一场几乎汇聚了全国大夏校友的盛会。

主席台上一共坐了八个人,德龄端坐正中,有六位与会者先后发言。他们发言的内容虽各不相同,形象却有共同点:白发皓首、儒雅、斯文。

再放眼看台下,绝大多数也是相同的形象:白发皓首、儒雅、斯文。这或许是此会与其他名人纪念会的另一个不同点:相当部分参会者与被纪念者曾经有共同的时代,共同的经历,他们至今尚健在,已很难得,这样的纪念会对于他们既是第一次,也可能是最后一次。

满蓄的感情,尘封的记忆,半个多世纪后突然在这个大厅里得到了释放。有人介绍了王伯群当年追随孙中山从事革命和在护国战争中的贡献,以及在任国民政府交通部长时的建树;更多人谈到了对大夏大学的感情和回忆。有谈到抗战前在上海,对"东方哥伦比亚大学"的留恋与骄傲;有的讲述了抗日战争中"西南三迁"的坎坷与艰辛;有的回忆了青春年华时,民族危难中,在大夏难以忘怀的学习生活;有的回忆了与当时的校长与老师的交往,说自己终生受益匪浅。

回眸综观大夏大学,确实是走过了一条不平凡的道路。

大夏大学本身是在厦门大学部分学生求学无着的背景下,顺应

　　　　　　　　　　　　　　　　我的美国表姑

青年学生的要求创建的。初建校的情况，王伯群夫人保志宁在《王伯群生平》中作了如下记载：

"先租沪区小沙渡 201 号三层楼房一座为教室，劳勃生路致和里房为宿舍，开始招生……1925 年，因校舍为英军所占，迁至胶州路，学生已增至 700 余人。草创伊始，租屋设校局促颇多，经伯群多方劝募，始得逐渐发展……1929 年春，学生已达千余人，胶州路租房不能容纳，又经伯群多方发动募捐，并自集巨金，勘成沪西梵王渡校址，占地三百余亩，建成固定校舍，如期而成，以后充实设备，延聘优良师资，声名洋溢，为上海私立大学之巨擘。"

经过惨淡经营，建立起了在当时堪称师资一流、校园美丽、教学设备好的高等学府。大夏大学建校期间，培养了大批学生，有关史料记载，学生中包括一批为国为民的有识之士，如熊映楚、雷荣璞、陈国柱、吴良斌（亮平）；培养了一批杰出的专家学者，如胡和生、陈子元、李瑞麟、刘思职等四位中科院院士；郭大力、周扬、叶公琦、陈赓仪等知名人士，还有翻译家戈宝权，儿童文学家陈伯吹，古典文学评论家王元化和青铜器专家马承源等都曾在大夏大学学习，据有关资料查证，中国第一位女飞行员，秋瑾的女儿王灿芝，也在 1927 年考入大夏大学教育科行政系。

1937 年抗日战争爆发，紧接着是上海"八·一三"事变，学校被迫第一次内迁。最初与同为私立大学的复旦合并为联合大学，一设庐山，称复旦大夏第一联合大学；一设贵阳，称第二联合大学。不久，日军进犯江西，第一联大再迁重庆，两校间的联合解体。迁到贵阳的大夏大学，条件虽不比上海，但凭借内地城市的相对安定，凭借学校倡导的"苦教、苦学、苦干"的三苦精神，继续兢兢业业培养人才。七年后的 1944 年"黔南事变"，日军的铁蹄进犯至贵州，在独山一带疯狂烧杀掠抢,令西南几省人心惶惶。为再次寻找能放下一张书桌的地方,更为了师生的安全,决定再往地处黔北的赤水整体转移,这是该校的第三次迁移。王伯群因操持过劳付出了生命,时任贵州教育厅厅长欧元怀临危受命,前仆后继,带领师生完成从贵阳到赤水的迁移。在赤水教育界和民众的帮助下,一个月内即大体安顿完毕,随即恢复了正常教学。

那时中国军民已坚持抗战近八年。二战何时能结束,抗日战争还要打多久,包括在赤水能得几时安定,一切都无从知晓,只是所有师生都作好了长期艰苦奋斗的准备。一位老校友对我说过这样的话:"那时在赤水,条件很艰苦,但大家情绪饱满,积极向上,每天上课,出操,认真学习,风尚很好。迁到赤水已是大夏第三次迁移,但那时候战争还在打,日本人会不会有一天像打到独山一样打到赤水来都讲不清。所以大夏师生还有第四次迁移、第五次迁移的思想准备。"

半年多后的 1945 年 8 月 8 日,苏联红军对日宣战;8 月 6 日和 9 日,美国分别在广岛和长崎投下原子弹,5 天后,日本宣布无条件投降。消息传来,中国无数个城市和乡村里,人们通宵达旦地庆祝和狂欢。大夏师生与赤水民众同样无比欢欣鼓舞,到处都是"胜利了!""胜利了!"的欢呼,不少人眼里流出了激动的热泪,大家放声高唱着爱国歌曲,提着灯笼举着火炬共同上街游行庆祝。

1946 年 3 月至 9 月,大夏告别赤水,在抗战胜利的喜悦中分两批迁回上海。

一所大学的命运,更兼全体师生的命运,与国家和民族的命运紧紧相连,与二战和抗日战争的炮火枪声紧紧相连。在这段坎坷不平、艰辛辗转的办学历程里,始终高歌着在民族危难之时,大夏教职工和

王德龄（左二）与周素园女儿、外孙、外孙女（1999年）

学子"师生合作"、"自强不息"的校训精神，始终闪耀着办学者与求学者对"教育救国"、"读书救国"理想的敬畏、孜孜不倦的追求与责任感。

"王伯群先生诞辰120周年纪念会"，激活了一代学人的集体记忆，以亲历者的发言和六百人聚会时的自由交流，对这段历史进行了生动观照与回顾，就其意义说，远超出了对王伯群个人的纪念。

我注视着坐在台上的表姑。她穿了一身淡紫蓝色的西服裙，长发披肩，面容庄重。主持面前这个六百人的会议，她拿出了"联合国非政府组织委员会常执委"的风度，驾驭得游刃有余。想起她1999年与我坐在贵阳省政府礼堂时说的话："到我父亲120周年时，我也要开，这样的，纪念会"，那时我认为不大现实。我基本没把她的话往心里去，但她却在自己心里默默地坚守。六年过去，无论这中间有多少困难，她说到做到，今天终于圆满地如愿以偿。

在与她相处的十七年中，为王伯群故居种种事宜所写的上诉材料、来往信件加起来可用麻袋装了。那些东西绝大多数由我替她代笔,落款写她的名字,名字前应写上身份,她有很多头衔,美国哥伦比亚大学政治学博士、波士顿某大学教授、"国际机智持续发展会主席"、"非政府组织能源委员会主席"等。但她唯一喜欢的落款仅仅是:王伯群女儿,美籍华人,王德龄。

如果王伯群先生在天有灵,他应该听得到六十年后,从上海锦江饭店会议大厅传出的这些声音。有这样一个女儿,你可以告慰了。

会后全体合影,因为人太多,试了几次都没法一次拍出一个六百人的大合影。最后决定分几批拍,然后作拼接处理。人们分成若干批,每批约七八十人,在几支强聚光灯的照耀下,在摄影师的指挥中,总算完成了现场拍照。

中午吃饭差不多快到了两点。我挑了最后一张桌子坐下,没想从这里望过去,眼前的情景尽收眼底:

中式大餐厅是一个长方形,平日用屏风似的隔门分成几个小厅,现在所有屏风似隔门全部打开,古朴典雅而又金碧辉煌的大厅连成一片,摆满丰盛菜肴的宴桌每四桌成一列,依次往前延伸,一直排列到大厅的对面那端。每桌四周都坐满因这个大聚会而喜气洋溢的、气度儒雅的银发老人,大厅里浓浓地弥漫着一种特殊的感染力,场面动人而且壮观。

在上海开纪念会的间隙,表姑抽空带着所有到沪的亲戚,来到愚园路 1136 弄 31 号,位于上海的"王伯群故居"即在此。除了贵阳护国路的圆顶房,当年王伯群在这里还有一个家。这是一栋大名鼎鼎的建筑,如今也是上海市级文物保护单位。

上海王伯群诞辰120周年纪念
会会场主席台（2005年）

上海纪念会部分参会者（2005年）

上海纪念会，因参会人员太多，不
得不分批拍照而后做成合影，图
为其中的一批在拍照（2005年）

上海愚园路王伯群故居外景（图片来源：网络）

　　进入大门,转过回廊,你会觉得眼前陡然一亮:在宽阔的绿草坪和绿树掩映中,梦幻般的屹立着一大栋彩色的欧式建筑,那种富丽堂皇的气派和典雅的美丽,让人不得不发出赞叹!它是上海十大经典老洋房之一。之前大门口挂的牌子上是两行字,第一行:"近代优秀建筑",第二行:"王伯群故居"。有人说这种写法表明,这栋房子在优秀建筑里面是上了榜的,挂了号的,为比较整体、全面的介绍,摘录有关资料如下:

　　"历时四年,于1934年落成。该建筑系意大利哥特式城堡建筑,占地10.78亩,主建筑面积2158.8平方米,四层钢筋混凝土结构,各种大小厅室共32间,楼内通道迂回,上下贯通,房厅、客堂均用东方传统艺术装饰,室内配以彩绘壁画,连门窗拉手也全用紫铜开模制作,空铸梅花窗栏。主楼南面有花园草坪1.3公顷,园内绿树葱郁、绿草如茵,有水池、小桥、假山、花坛,园中百花四季吐艳。"

　　"外立面对称处理,北立面及两侧为欧洲城堡样式,窗顶为四心

　　　　　　　　　　　　　　　　　　　　　　　　　　我的美国表姑

尖券。从形式上来说属英国维多利亚时代英国哥特风格。主楼分中、东、西三部分。中部前面凸出呈圆弧形,东、西两部分对称地布置成 45°折角,富有变化。建筑的东部比西部大,有单独楼梯与中部的通道处相通,但有门,关闭后为独立的一部分。前面的中间部分有室外楼梯,可直接从外面登梯上二楼大客厅,十分气派。中部二、三层前有走廊,安排合理。卧室、书房等大多在二楼。室内四周均用柚木护壁,外墙面及围墙均为褐色水泥浇铸的墙砖,看上去古朴文雅,屋顶主体部分为四坡顶,正面有老虎窗,山墙作为屋面装饰。遁部下面一圈阳台,罗马式栏杆,华丽而抒情。房屋前面是个大花园,长 130 米,宽 100 米,大片草地,边上植有香樟、雪松、广玉兰等。"

这在当时的上海滩,也是少有的豪宅。拿与今天的现代豪宅相比,后者中的许多也会相形见绌。它那种让人望一眼后即不会忘记的独特魅力,依然要让它在今天也拔得头筹,名列前茅。

表姑的父母只在这栋屋里住了大约三四年,就因抗日战争爆发,大夏大学内迁贵阳,从而不得不离开。不久上海沦陷,这栋房子即被日本人占领。后又由日本人"送"与汪精卫居住,一度改称为"汪公馆"。抗战胜利后,曾作为国民党军统局招待所。后来保志宁回到上海,通过何应钦出面收回此楼,她曾将此屋出租给英国驻沪领事馆文化宣传处使用,自己仅住在三楼。再后来保志宁远走美国,1949 年解放军华东军政委员会接管此地,中共长宁区委和区文化局都曾设立于此,1960 年后改为"上海市长宁区少年宫"。

这栋王伯群故居数易主人,历经沧桑,走马灯式的主人变幻,恰好是一段历史变迁在它身上的投影。难得的是故居虽历经七十年风雨,依然风韵不减,怎么看都美轮美奂;主人虽数易其人,小桥流水,

保志宁八十年代中期回国时在上海愚园路故居前

青青草地,绿树繁花,依然保持了让人心旷神怡的美丽。

当亲戚们在表姑的带领下,在房屋内外和花园里的楼台水榭边拍照时,我与门卫聊起了天。2003年,在国内各大卫视热播的电视连续剧《梧桐雨》的内景与外景就是在此拍摄的,主演是潘虹。年过五旬的门卫如数家珍的向我介绍,当时潘虹如何倒在花园台阶旁的路上,导演如何的指挥,他本人又如何地主动上去帮忙拿着道具。潘虹是我喜爱的演员,她的经历、性格,特有的气质和风骨,被有的文章称为"演艺圈最后的贵族,"我想这对于她很贴切。

我站在那里望着这栋仪态万方、雍容华贵的建筑,不知怎的觉得它也是最后的贵族了。无论出于何种原因,它已收归国有,不再属于私人财产。尽管它仍然保留有"王伯群故居"的名分。这座欧式城堡的一楼大厅内,一个类似壁炉的,绘着彩画与浮雕的台面上,端放着一个大大的"中国少先队队徽。"五角星加火炬的少先队队徽在这里无声地"燃烧",也无声地传递出一种奇特的组合与现实的存在。

有人说这栋房子如果出卖,至少要卖二、三个亿。面对这曾是自己父母的豪宅,现在却不能拥有,表姑的内心一定很复杂,就像我们一样来到这里感受是复杂的。但有一点可以肯定,假设这栋房子发还王氏,假设出卖所得为三个亿,假设表姑本人分到一个亿,依我对她的了解,以她的价值追求和性格,不久,她将以各种形式捐出去一个亿。所以从这个角度说,这栋建筑属于谁实际上已并不重要。就让这个"最后的贵族"像童话般的屹立在那片开阔的绿草地上,继续发挥它"少年宫"的作用吧。

　　会议既结束,参会的各路人马陆续送走,一些善后事宜交上海亲朋处理,我们也该各自返程了。原定计划与表姑在今天分手,我们回贵阳,表姑与她的姐姐直接从上海回美国。

　　在所住酒店,我到表姑的房间向她辞行。她却有点神兮兮的改变了说法:"你们先回去,我要晚几天。因为,她还没有来。""谁? 谁还没有来?"我一时真没有明白。还有谁,是这个会该来而没有来的? 且为什么在大家忙完了要走的时候说来? 表姑,让人感觉一件大事刚刚办完,甚至还没全部办完,她已经思想游离了,分心了。这其实是我们早就看出来的,无论何时何地,无论眼前有多少事,多少人,她始终内心牵挂着某样别的事,某个别的人。

　　"萝萝啊,她要来。我们等她,然后,"表姑冲口而出,立即又觉得自己把话说多了,在考虑是否说下去。凡与此人有关的事,她一直就是能不说就尽量不说,只不过对于我,她透露得稍微多一些。既说到这了,她只好把话说完:"然后,她和我们一道去美国。"这是表姑第一次比较公开地谈到她与这个人的行动,此前,她要带萝萝去哪里,有何安排,是不会告诉其他人的。

萝萝,一个贵阳女孩,也就是那个多年来用英语与表姑通话的神秘人物。到上海纪念会时为止,表姑认识她已十年。漫长十年中表姑那些神秘的,不愿别人知道的行踪,还有那些神秘的,只用英语打的电话,全部都是为了——她。

第十一章

萝　萝

时间回溯到九十年代中期,贵阳街头一个夏日的夜晚。

　　两位个头十分高大的美国人走出酒店,融入灯火闪烁的大街,在熙熙攘攘的人群中漫步。其中一位就是波拉堤教授。突然,他们听到一个稚气的声音从身后传来:"hello!"回头看找不见人,再转身低头,才发现在他们的腰部以下,一个小女孩站在脚边,正仰着脸,既大方又带点羞涩的望着他们。他俩弯下腰,女孩用流利的英语与他们交谈,一会儿后,他们了解女孩不仅会英语,还在自学德语和日语。他们惊奇于她的语言天赋,喜欢她那单纯可爱的外表,就打电话叫来了还在酒店里的德龄。三人带着小女孩回到酒店大堂,随和又亲切地与她交谈。他们问清她的名字叫萝萝(化名),八岁,是贵阳市一所小学的学生。随着谈话和询问的情况越来越多,表姑比那两美国人更对这女孩有兴趣。她当即记下了她的姓名、地址、联系方式。

　　他们不知道,其实这一切,都在一双眼睛的严密注视之下,那是女孩的父亲。因为孩子小,出来找外国人交流,他都是在附近紧跟着的。

　　人生的路,有时在十分偶然的相遇或邂逅里,就注定会得到改变。

　　萝萝自那天在酒店门外遇见德龄,从此交上好运。几乎从那一刻起,一条红毯,就由德龄精心为她从脚下铺开。一路上是别的孩子难以企及的待遇,红毯的那头,美国的最高学府哈佛和耶鲁已在遥遥招手。

1999年秋表姑邀我们一家三口去昆明参观世博会,临上飞机前我第一次看见萝萝。个子很小,略胖,小眼睛,圆脸,淳朴可爱,从外表上看不出是个有天分的女孩。只来得急与萝父讲几句话就上了飞机。此前萝父并不知去昆明的还有我们一家,以为只是这个美国女人和萝萝。这么说来,我不得不佩服这位父亲。如果我只有一个女儿,如果她只有12岁,如果一个不知根底的外国女人要单独带她去远行,我肯定不会放手。后来萝父告诉我,其实他放心不下,"直到你们一家三口出现的时候,我才放心了。"我们一家三口出现在候机厅时,萝父问清了我们的所在单位,知道是在贵阳某大学工作,也只仅此而已。他可能更多是凭直觉作出判断,这一家人不像坏人,与之一道远行,他的女儿应该不会有事。但这中间何尝没有风险,他的内心又何尝真正放心?真是可怜天下父母心!

这是表姑第一次带萝萝出远门。

萝萝出生普通职工家庭,父亲在一家银行供职,母亲没有多少文化,在一家工厂工作。就是这个普通的家庭,在女儿的教育上却不普通。女儿还怀在娘肚子时,父亲就收起了厨房里一切带金属的炊具,只用民间的瓦罐为妻子做饭,炖鸡炖汤之类更是只用瓦罐。他说,铁锅、不锈钢锅之类都含有重金属,吃下去会影响婴儿大脑的发育。在孩子逐渐长大后,父亲告诉她,作为一个女孩子,你长得不漂亮,但你一定要努力,通过努力学习才能成为一个出色的人。

在父亲的严格要求下,萝萝从四岁开始学习英语,每天半小时。在她八岁时,已掌握了3000到4000的英语单词量。据说一次一个

　　　　　　　　　　　　　　　　　　　　　我的美国表姑

德国人带她去了英语角,老外们轰动了,说一个八岁的小孩英语学得这么好,比他们教了四年的学生还好。父亲带她出来"逛街",主要目的其实是为了遇见外国人,让她与之交流。或许这是萝萝父亲培养女儿过程中的一大发明吧,这一招很有效,但这里面是有风险的。为此,他每次要不辞辛苦地陪同前往,在附近紧紧的跟着,关注着。开始时,萝萝见了老外还往大人身后躲,不肯上前,几次后她尝到了与老外交流的"甜头",后来就主动了。如此,这才在贵阳街头,在那个夏日的夜晚遇见了波拉堤,再遇见了德龄。从时间上讲,这大约是表姑最初回到中国的那段时间。

在感情世界里,我一直认为表姑是个"铁女人"。她的词典里没有儿女情长,也没有婆婆妈妈,什么事会触动人心中最柔软那个部分的时候,她都表现得很淡定,很不以为然。她舅舅曾委托办的一件事,可以说明这点。

四十年代在贵阳,表姑的舅舅与一位姑娘确定了恋爱关系,后因他跟随家人移居美国,俩人虽难舍难分却只能分手。斗转星移,曾风华正茂的俊男靓女都已风烛残年,但舅舅还惦记着当年的恋人,所以托表姑寻访并看望。没费太多周折打听到下落,不幸她在前些年患了重病,现时已病入膏肓,整个人都已脱形。她不能,也不愿见我的表姑,不想自己以如此的形象让人带回美国她曾经的心上人那里。但是,委托她的亲姐姐代为与表姑见面。我陪着表姑在酒店与这位姐姐见了面。世界真的很小,没想她不仅也是一位大夏校友,竟还是我所在单位一位很熟悉的同事的母亲。

现实版的这个凄美故事让我内心震撼。这位同事的母亲,时年八十有余,但笑声朗朗,气质高雅,一笑一口洁白的牙齿,看得出年轻时的美貌。她起身要走向另一个房间时,我要去扶她,她洒脱地一摆手说,不用,我还经常在跳着舞呢,说着迈着稳健的步伐过去了。我望着她的身影,想着她的妹妹,即表姑舅舅当年的恋人。她还活着,但已不愿也不能见人了,她心里该会有怎样的凄凉? 如果现在她也像她的姐姐这样健康该有多么好啊。我把我的感慨和想法说给表姑听了。表姑可真的不是多愁善感之人,同样作为一个女人,她却很不屑于我对于此事的震撼和感叹。从一开始干巴巴的对我说明事情的缘由,到打听、寻人、再到见面,她认真、礼貌、甚至不乏热情,但现在我知道她的内心一直是关闭的。自始至终那一副“公事公办”的样子。我猜测这是否与她一直不婚不恋有关? 看看她没有表情的脸我暗想:“唉,这回,可真是:铁娘子受托多情事。”

想不到的是,自从认识了这个萝萝,铁娘子内心的感情世界似有所开放。从没做过母亲的表姑似乎爆发了母性,母亲所具有的仁慈心肠、奉献精神、无微不至,全部为之挥洒到淋漓尽致。

昆明世博园。清早,我们一家三口加表姑和萝萝在园内流连。从贵阳到昆明的一路上,表姑对萝萝已照料有加。这时突然她俩停住脚步不走了。原来萝萝说,“走热了,我要脱衣服。”小孩子家一嫌热,马上边说边从身上扯下了外衣,一副好不凉爽轻快的样子站在晨风里。德龄既怜爱又发急,细看了她的穿着后说:“那就脱里面这件。外面这件还得穿,脱多了会感冒的。而且,你不能在这么热的时候一下脱了,站在这个凉风里。”她说着脱下自己的外衣,打开成一个围罩状围住萝萝,让其既能脱换衣服,又能遮挡昆明清早的寒凉。萝萝脱换下的衣服搭在她手弯上,她举着打开的衣服耐心地站在那里,脸色是少有的柔和,仿佛一道暖暖的屏障。

王德龄（右二）与作者一家在昆明世博会（1999年）

　　第一次看见她如此温情款款。众人眼里"天马行空，我行我素"的她，原来有这样的一面。"如果德龄有孩子，她一定是很称职的母亲"。我对先生说。不过我也感到几分悲凉，看出她喜欢孩子，但她对亲情和子女的向往之情，只好放到别人家孩子身上，我替表姑辛酸。

　　表姑对萝萝的欣赏异乎寻常。有时几乎萝萝说的任何话、做的任何事都会令她叫绝，虽然在旁人看去那属平常。有时她不惜把一些成人与之作负面的比较，认为某成人如何地不如这个小孩，虽然这种比较会有失偏颇。一个溺爱孩子的母亲是怎样不顾一切地赏识自己的孩子，德龄就是怎样的不顾一切。她有时候真的好像忘了，那并不是她的，那是别人家的孩子啊。情之所至，为之掏心掏肝，甚至愿意掏空自己。至于为之花钱，那更完全是在所不惜。

　　表姑自己在生活中没有游山玩水、享受生活这样的概念。她十几年中回贵阳无数次，但竟连周边最近的风景区比如花溪、天河潭、红枫湖都从没去过。我们动员她去走走，她总是摇头，说日程紧张，时间不够。而一旦听萝萝说，从小生长在贵州，没有见过海，很向往海南三亚,她便着手带她飞往三亚。行前还专门向我咨询哪里能购买到小女孩的游泳衣,说要让萝萝感受在大海游泳和嬉水的乐趣。到了后来,由于萝家对她渐渐放心,她更是不止一次地带萝萝去了美国,以及世界别的一些国家和地区,目的让她去"了解世界,增长见识"。

当初萝萝父女俩上街遇见老外,是为了交谈,学习口语,纠正发音。那种方式,费力费时还冒点风险,才会得到很短时间的有限的交流。自认识萝萝后,表姑与之说话尽可能只用英语。她随时注意抓紧一切时间,利用一切场合场景,与之交谈。打电话也一直只用英语。目的很明确:用她自身纯正、地道的发音、丰富多彩的交谈内容,给萝萝营造一个经常存在的优质的语言环境。

当然,英语电话同时还具另一功能,就是周围人一般听不懂,不会了解内幕。不想让人知道她对萝萝的资助,是表姑的初衷,也是她多年的坚持。出于她周密的考虑,这同时也是对萝萝的爱护与保护。因为没有人知道也就不会有人妒忌、非语,也就不会由于她的原因给萝萝带来不必要的影响。

爱屋及乌。萝萝的家人,室友,也成为她喜欢和关心的对象,尤其是对萝萝的家人。每每她回到贵阳后谁都不告诉的"消失",要么是与萝萝会面,去关心她,指导她,要么就是直接到萝萝家中拜访。有时,她会参与萝萝同学或好友的小聚。有一次逢"六一"儿童节,她问萝萝:"要是让你做小主人的话,你最想请什么人吃饭?你的小朋友、同学都可以。"萝萝想了想,叫来了一帮小伙伴,有男孩有女孩。表姑带他们到了高级酒店,又让萝萝去问他们吃中餐还是西餐。这下孩子们意见不能统一了,有的要吃中餐,有的要吃西餐。她对萝萝说,你去告诉他们,都可以的。只是先吃什么,后吃什么,怎么样去点,由你来负责,你来组织好他们。这些小孩子实际上最后是随心所

王德龄（右一）在昆明世博会

欲，无论中餐或西餐在那天都变成了饕餮大餐，萝萝也很自豪地当了一天的"小主人。"

很多时候，表姑是去萝萝家里看望。在萝家，嘘寒问暖，关爱有加。事无巨细，只要有困难她就要去帮助，只要有问题她就要设法去解决。因为，用她的话来说是："家里如果有什么困难解决不好，会直接影响到萝萝。"

萝家一开始对这个来自美国的女人很陌生，对她的热心和慷慨有点不知所措，有时甚至不得不带几分警惕。表姑第一次带萝萝离开父母远行，去昆明的第三天，我们一行五人在世博园游览。表姑打算去趟卫生间，她刚刚进了那个漂亮的游动厕所关上门，却突然又打开门走了出来，我奇怪的望着她问："你不上了？"她有点气恼地说"我还上什么！这个电话这时候打过来。真是，什么意思？我是什么人，我还会做什么了？"我摸不着头脑，问她才知道那是萝的父亲打来的。萝父与表姑这两天都在密切通话，表姑把每天的行程、生活、游玩的情况都告诉过他。但刚才他来电话直截了当："你能否把电话给我女儿,我要直接和我女儿说话。"说白了,就是离家二三天了,要亲耳听见女儿的声音,亲自听女儿说她安好,这才放得了心。表姑为对方明显表示出的不信任气恼。

但她是善解人意的。马上叫来了正在和我儿子玩耍的萝萝,把手机递到她手上。她则有意识地走开,并走得离远一点,任萝萝与其父亲自在亲热的对话。我看到她默默走开的侧影,感觉她仿佛从一种狂热跌回到现实,同时也感受到她内心里,那种好心而又不被人理解的无言怅然。

这是表姑与萝萝初识时那几年的事。萝家人见过我一二次后,曾背后向我悄悄了解德龄的情况。我能感受到他们那种受宠若惊,又喜又怕,惴惴不安的心态。

时间一长,慢慢萝家看出这个美国女人就是单纯的一番好心,就像有些旁人说的,"他家算是遇上好人了。""都说天上不会掉馅饼,他家可真是天上掉下大大的馅饼了!"

几年后表姑与萝萝一家已很相熟,萝家的事似乎都变成了她的事。萝家的居家设施,大到家电家具,小到学习用品洗漱用品,只要她认为是需要的,要么直接为其购买,要么从美国带来。她的关爱,一直惠及到萝萝的父母甚至外公、外婆。有一次,萝萝的外公因肠病在贵阳做了手术,术后情况尚可,只是不太理想,没有达到最好的预后。表姑因此非常自责,一直引以为憾。她至少反复对我说了有两三次:"如果我早一点把她外公送到上海或北京的医院去做治疗,要做手术也在那边的医院做,可能后果会比现在好得多。"每次说完也并不见她有轻松感,仿佛那一切都应该由她来承担责任。

一次表姑从美国来电,说在贵阳某酒店有个学术会议,"萝萝要在会上演讲,"她兴奋而带几分自豪的说。萝萝当时已是一个大学生,大约是要在会上作一个发言,表姑把所有我们叫发言的形式都叫做演讲。她很遗憾不能亲自来现场,拜托我们去听,然后把情况回她。那天我有工作走不开,我先生去了。

晚上,她的电话按时打来,第一句就问:"你们去听了吗?讲得怎么样啊?"那声调喜滋滋的,兴致勃勃的,仿佛注定会听到一个非常赞扬的"very interesting!"或是"very good!"

"我下了课才去的,去时她已经讲完了。"先生如实回说。

电话的那头,表姑很是失落。

约是 2002 年初,在南非有一个以保护环境为主题的国际性会议,表姑所在的联合国非政府组织是会议的承办方之一。多年来,她一直致力于全方位对萝萝进行培养,一有机会就尽可能把她往尖端上推送,为此不惜动用自己的全部资源。完全可以说,她为这个与她没有任何血缘关系的萝萝操尽了心,费尽了力。这一次,她几乎是异想天开地要让刚上高中的萝萝去南非参加这个会议,为的是让她小小年纪就有超常的经历、资历。

但这事本身颇有些难度。怎么办呢?

对国内社会流行"走后门"的现象,表姑一直很反感,从来都是持批评态度。但这回,为了萝萝,她一反常态在那边想法走了点"小后门"。萝萝最后竟得到了会议的特别批准,以"年龄最小的环保志愿者"这样一个身份列席会议,并获得来自某方面的赞助,然后如期飞赴南非。对萝萝来讲,这不是她第一次出国,这些年里,表姑带着她早就有了多次出国的经历,不同的是,这次,作为高一学生的她是出国去参加国际会议。

在南非,表姑自己会务繁忙,却还牢牢地记挂着一件事。那一天,她与其他同事忙于整理文件,萝萝当然帮不上忙就在旁玩耍。到了晚餐前,表姑带着萝萝进了一个房间。这里的灯光五颜六色,屋里还摆放着鲜花,表姑的同事们一个个面带笑容陆续来到屋里。等人都到得差不多了,一个硕大的生日蛋糕便在音乐声中慢慢地由人推着送了进来——这一天,是萝萝的生日。一群白皮肤或黑皮肤的、年长或年轻的联合国工作机构的老外们,亲切而热闹地围着这个中国小姑娘,同时有节奏地边击掌边唱起了"Happy birthday to you,Happy birthday to you……"。面对这样一个专为她安排的生日场景,小小的萝萝说不出的惊喜与开心,她从来没有过个这样的生日。而这样一个由德龄精心安排的特别的生日,自然也是萝萝远在中国的父母想也想不到的。

会议期间,时任联合国秘书长安南、中国国务院总理朱镕基到场,人们纷纷要求与他们拍照留念。两位高端领导人很和蔼的满足要求,分别微笑着站立好供人们上前合影。机会难得,德龄拿出随身相机,鼓励、怂恿列席本次会议的"年龄最小的环保志愿者代表"上前。据说那时萝萝只要上前两步,一张与科菲·安南和一张与朱镕基总理的合影就永久定格下来,可以成为萝萝一生的"亮点"或是"资本。"

不知为何,不管德龄如何的鼓动,萝萝就是不上前,那两步她始终没有跨出去。

"她就是不上去。我说你快上哪,快点的啊,她就是不上去。"表姑后来向我描述,她脸上笑着深深的酒窝,那里盛满了得意与遗憾。得意是她终于设法让萝萝去了南非,至于遗憾……我认为这孩子不上去不会是因为胆怯或害羞,她在德龄的引领下早已见识过很多大场面,不过她不是太张扬的人。有回她对我说,一天晚上她与德龄去贵阳的夜市上吃东西,俩人边走边用英语交谈,一直到小吃摊前也是如此。周围不断有人对她俩投来异样的目光。萝萝感觉到了,便轻轻地说:"德龄,我们不要讲英文了,讲中文吧,你看人家都在看我们。"但表姑耸耸肩完全不在乎地说,"那有什么关系?他们看就看啊。我们用英文交谈不是对你更有好处吗?"

"孩子还是比较质朴,或者,是因为年龄还太小。"我在心里这样结论。

萝萝小小年纪不断得到同龄孩子们想也不敢想的机遇,而且无论经济方面还是其他方面,都在背后有稳定的强大支撑。时间长了,尽管表姑一直非常低调,一直不想让别人知道,萝家也明智地保持着低调,但还是引起了人们的关注。媒体不久也追踪而来,想拍电视进行报道。表姑在电话里表明她的态度是:"他们要拍电视就拍吧。但是完全不要提到我王德龄。更不要上我的镜头或是相片。就讲萝萝自己就行了。"

于是,当贵州电视台播出关于萝萝这个很"传奇"的中学小女生的专题节目时,突出的是她个人怎样学习,怎样与同学相处。谈到她的那些极富传奇色彩的出国经历、那些参加国际会议的来头与缘由,从头至尾只有不足十个字的、让人摸不着边际的一句旁白:"在国际友人的帮助下……"仅以此算是作为对观众的交代——而这,正符合表姑本身完全不要提到她的心愿。

在语言方面,表姑自己除汉语外,掌握英、法、德、西班牙四国语言,加上汉语,应是五门。虽然她认为自己的法语"不够好,学的时间比较短。"从她的汉语来讲,仅凭那一口标准的普通话,比我们很多一辈子生活在中国的人都讲得好。我的另一位表姑即德龄的姐姐德

王德龄（右）与姐姐王德祯

祯，也来过中国几次，但她一句汉语都不会讲，开口都是行云流水般快速的"模模糊糊"的英语，如果没有德龄在旁作翻译，德祯与我们基本没法交流。学习语言确实要一些天赋，但天才出于勤奋，可以推想德龄为了掌握这些语言曾下的功夫。

　　表姑自小在美国长大，地道的美式英语几乎成了她的母语，而且她的嗓音细腻、柔和，听她讲英语很悦耳，很动听。我一直佩服两种人，把汉语讲得很好的外国人，和把外语讲得很好的中国人。如果把表姑既看成外国人又看成中国人，她恰好这两样都占全，这是我非常佩服她的一点。但这种优势也让她在某些时候更加"居高临下"，在贵阳接触了不少与她用英语交谈的，事后大多都被她当我们面批评，她认可讲得好的，除萝萝外，仅还有寥寥一二人而已。

　　有一年初秋，表姑从美国回到贵阳。刚来就声明这次日程很紧，怎么都只能在贵阳呆两天。我们手上已堆积了一大堆有关圆顶房的事等着她回来，一听时间这样紧，只好作罢，又等她下次来再说。第三天一早，以为她已到上海了，却意外地接她电话说让大家晚上到某

　　　　　　　　　　　　　　　　　　　　　　　　我的美国表姑

酒店吃饭。我们不知她因何故没有走,因为这是很少有的事。

没想到饭局上来了一位陌生女郎,四十岁左右。她化着浓妆,打扮入时,染了一头金黄色的卷发,一眼看去,以为是位老外,比衣着随意、素面朝天的德龄更像"老外"。但细看之下,就是地道的贵州本土人。我们诧异,因为都不认识她,表姑低声很随便地说了句:"她,跟萝萝在英语角认识。"哦,原来是萝萝的关系,大家也就不再多问。我起身给她让座,她开口便是"Thank you",坐下去时她的椅子背稍稍碰到了我,开口又是一个"I'm sorry",弄得我不禁有一点惶然。那顿饭自始至终没听她讲一句中文,更别说贵州话,那架势摆的,仿佛她压根不会说中文,又仿佛这里不是酒店里吃饭的包房,而是校园或公园内的"英语角"。虽然她的英语发音,在我听去都实在不敢恭维。

表姑礼貌的与她边吃边交谈。间隙,女郎低头吃饭的时候,表姑便在桌子对面诡谲地对我眨眼,我不太明了她的心思。等到人走客散,只剩我们几个人的时候,她如释重负地长吁一口气,大声喊:"天哪,我真受不了了! 这人讲的什么英语呀! 萝萝比她讲得好到不知哪里去了。她讲的是些什么,我完全听不懂! 这样的人怎么去教给学生,怎么去给学生讲课!"在吃饭过程中大致明白,这位女子在某培训机构担任英语教师,看来这一晚她的英语让表姑很是受罪。

表姑转向在大学教英语的堂妹夫:"她说的是些什么,你听明白了吗? Do you understand?"堂妹夫摇摇头回答:"No ,I don't understand。"我儿子附和一句:"I don't understand too"。一整晚,我们完全没有机会谈关于圆顶房的要事,一直都在听这位女子的英语表演,心里有些憋气,这时突然都想恶搞一下英语,主要也发泄一下对刚离去的这位"老外"的不满情绪,于是不约而同纷纷开口说起所谓的英语来："I 也不 understand"、"I 不明白 too"……然后又模仿那位女子的口气对表姑说："Sorry"、"Sorry"、"I'm sorry"，接下去大家笑，表姑由无奈地勉强地笑，到最后脸上也笑开了花。

这位女子，在"英语角"与萝萝认识，听说了萝萝与德龄这样一位美国人的关系，便缠着萝萝引见。是出于好奇，要来与美国人交流，还是另有深意不得而知。表姑后来轻描淡写地对我说，"我替萝萝解解围。萝萝毕竟年纪轻，既不好拒绝她，又不好得罪她。所以让萝萝通知她来见个面，这事就了了。至于这个人本身，我不会帮她什么忙的。"

仅是为了替萝萝解这样一个"围"，她把这一次的行程由两天改成了三天。任何时候她都是说来就来了，说走就走了，推迟时间，改签机票，这是她几乎唯一的个例。

虽然是由于萝萝的原因才有了这晚上的一幕，但依表姑的精明，出于"单线联系"及其他方面的考虑，那晚萝萝本人是没有到场的。

萝萝大学毕业后，在表姑的帮助下进了美国耶鲁大学，成为该校人类学专业的一名博士生。开始表姑是想让她去哈佛大学的，表姑对我说："哈佛大学博士，出来后萝萝这辈子做什么都可以了！"她替这个小姑娘想得真是周到和长远，连她的一辈子都考虑到了。她说此话时眼睛笑意盈盈，脸上又现出两个酒窝，仿佛已经看到了萝萝一生的光明前景。那好比是她十几年来苦心培植，付出甚多的一棵小树，现在终于成长为栋梁之材了，她当然非常的欣慰与高兴。她脸上的笑容让人感觉很纯洁，很干净，那是不掺任何杂念，不带任何想法的笑容，仿佛初生婴儿的笑。这是我第二次在一个成年人脸上看到这种笑容。第一次，是在她对我和我先生说："只要对地球有利的事，对环保有利的事,对社会有利的事,我都会去做,我只做好事……"的那次。

后来,萝萝虽去的是耶鲁,不是哈佛,但同样是一个"出来后这辈子做什么都可以"的地方。

表姑对萝萝的资助从一开始就是悄悄进行,不让人知道,我们是在几年后也才慢慢了解。因为她对萝萝的投入和支持远远超出一般人想象,难以让一般人理解,所以有人有一种说法:"那是因为她自己没有子女,想以后有个人养老送终。否则,她为什么要这样?"

我自认不那么世俗和功利,但有天一同在路上走着时,也曾试探地问她:"既那么喜欢,是不是把她认成个'干女儿',就像许多人哪样?"岂知她完完全全没有这个概念。她摇摇头认真而恳切的对我说:"她家里不富裕。但她在语言方面有天赋,我就是想帮帮她,资助她。"沉默一会后她又小声补充了一句:"因为我自己在语言方面也是有点天赋的"。我明白她说的话全发自内心。

因自身在语言方面的天赋,所以惺惺相惜,要去资助一个有同样天赋的,中国的、家乡的孩子。说起助学,在家族中是一直有历史传统的。表姑回国后想要资助中国孩子上学,我并不感到奇怪。只是,对被资助的一方近乎刻骨铭心的牵挂与爱护,对被资助一方倾尽全力的大投入和强力支持,却只被她轻描淡写地说成"就是想帮帮她"——仅此而已。

一下子,一向自视清高也被人视为清高的我,自觉也很俗气!悄然看一眼走在身边的表姑,她正平静而坦然地往前迈着步,一直比较肥胖的身上还是那件随意的旧外衣。那一刻,我真是感觉,身旁这个人,我虽早已熟悉,但在那身普通的衣服里面,真的还藏着一个我从未认识的、莫测高深的内心境界。

龙应台在她的《目送》里写过一个小故事。说一个替红十字会工作的欧洲人到了非洲某国,在这里他保持了自己的运动习惯:慢跑。一天他在跑着时,一个当地人跑过来,一边跟着他跑,一边十分关切地问:"出了什么事?"他一边跑一边回答:"没出事。"非洲人万分惊讶的说:"没出事? 没出事为什么要跑?"

这世上有另样的心态,另样的生活方式。如果都用自己的思维和观念去"硬套",只说明我们自己对这个世界知之甚少罢了。

十七年过去,我们看到的是,在把萝萝送入耶鲁后,她们之间的交往越趋越淡。而在我们的视野里,萝萝早就已经消失。

在表姑一方,"就是想帮帮她"的想法已然实现,任务已经圆满完成,对方已经成人成材,所以勿需再过问。

在萝萝一方,她顺着那条专为她铺就的红毯,已经走向既定的辉煌。

第十二章

"血的关系"

血缘关系,我查了几个词典,竟都没见到词条,还是从百度百科找到释义:"是由婚姻或生育而产生的人际关系。如父母与子女的关系,兄弟姐妹关系,以及由此而派生的其他亲属关系。它是人先天的与生俱来的关系……"

表姑一直把血缘关系说成"血的关系",而且十分的看重,原因就在于这个"先天的与生俱来"的关系。

喜欢批评周围的人或事,是表姑的一个特点,这是我们断不了与她有争执的原因之一。后来的事实会证明她有时是对的,那时,她会得意地微笑:"怎么样?还是我王德龄对吧?"但有时也显出她的偏颇,或直接就证明她不对。我们说"怎么样,你错了吧?"她会耸耸肩,做个怪脸,不说话,但表示认输。对于"亲戚"她不因有层"血的关系"就不批评,相反,说不定什么时候就不客气地来上几句。奇怪的是她总当着我的面,与她相处的早几年间,时常碰到这样解释不通的怪事。

有一天,她因不满意某项工作,又对着我这样开了头:"我这几个亲戚啊,怎么是这样办事啊,办事是这样办的吗?"每次她都是这样开头,然后下面就会一样样数落出具体的事。我不隐藏眼神里的不高兴,望着她,等她说下去。我准备了下面的话:"看你又在这样说了。

我不就坐在这里吗？这几个亲戚又怎么了?"我想彻底搞清楚,她为什么批评亲戚总要对着我,因为我就是亲戚。那层迷雾,需要马上撩开。表姑看出我不高兴,收住了话头,说,"算了,不说了。我们谈别的吧。"她挽起我的手臂,边走边谈起别的事,我于是不好再提。

就这样一直到了 2001 年底。那时我儿子准备去法国留学,寻找中介、办理签证、收拾行装,堆积了不少事等待我去处理,这时表姑又回到贵阳了。

冬日的夜色中,我、堂弟妹、我先生与表姑,坐在某饭店顶楼的旋转餐厅,吃完饭,谈完正事,按近年习惯大家坐下来神侃。不知谁提起了刘显世,刘显世与王电轮(王文华)之死是否有关系,是我们中间常议论的话题之一。因为表姑,才会聚在一起谈论这些家族往事,每一次我都会有那种被谈论者离得如此贴近,就在我们中间,似呼之欲出的奇特感觉。

自然地,我们对被谈论者直呼其名。我曾设想,如果按辈分称呼被谈论者和事件,在表姑,要说成"叔叔"之死,是否是"舅公"派人所为;在我和堂弟妹,要说成"二舅公"之死,是否是"曾叔外公"派人所为——如果这样,称谓与事件本身,明显蕴含着人伦的悖论,说出口来会不寒而栗。

对于我们几个,包括表姑在内,由于年龄的关系,都不是亲历者,谈资或用以说服人的论据,多来自于书本、网络,各人有各人的看法,所以很多时候谁也说服不了谁。

说到这里,我想起自己无可弥补的遗憾。我的母亲从小跟着外公政治流亡,那些年她已经记事了,不少事件是亲历、亲闻、亲见;父亲又来自一个大家族,儿时和成年后与先辈都有许多接触,独特的经历与阅历让他们有许多独特的记忆。当父母健在时,我极少主动去了解,当年他们对我谈起时,我总是听过后不久即忘,极少想到用笔记录下来更从没想到录音。存在于父母心里很多珍贵的"口述史",都在我的幼稚与无知中这样丢失了。今天想来懊悔不已！加上"文革"时期的三次抄家,原有的文字史料也搜劫一空。留下的,只有头脑中所剩不多的记忆碎片。

旋转餐厅在夜色中静静的,优雅的不知转过几圈了,我眼睛的余光不时扫着外面景物那些缓慢地变化……关于刘显世的话题仍在耳边继续。我因记挂着回家忙儿子出国的事,就心不在焉的搭了一句,刘显世嘛,他是我父亲的叔公或叫叔外公嘛。坐在对面的表姑突然眼睛一亮,急迫地问道:"你说什么? 明和?"我还是心不在焉:"刘显世是我父亲的外公刘显潜的亲堂兄弟,所以是我父亲的叔公,或叫叔外公。怎么,这称呼不对吗?"但表姑答非所问,仿佛她全身受到一股突如其来的猛烈冲撞,那口气急促并带着惊异:"这么说来,从刘家的角度说,你和我是亲戚,有血的关系?!"我没吭气。本来就如此。但那又怎样? 而且怎么是此刻才来说这样的话? 我没有去关注她表情上的变化,仍然心猿意马,一心只想今晚最好早点回家。

没想到我这一句心不在焉的话被她当成了特大事。回纽约后把电话打到美国多地和南美、北欧、台湾等地,找遍了她能找到的知情人,证实了这点后,又把电话打回中国。我拿起听筒传来她充满惊喜之情的声音,第一句就是:"明和,你和我有血的关系！这关系是这样的……"她在国际长途中从根底源头起,细细地讲,然后让我复述。我随便简单扼要地复述了一下,她却不满意,说:"这个非常重要！你一定不要糊里糊涂,你再说一遍,说细点！"我不得不按她的殷切要求比较细的再复述了一遍,她这才善罢甘休。

她再次回国时,我和她有"血的关系"仍是大事,让我当着亲戚的面复述,再当着更多人的面复述,如同背书的小学生。而她就在旁一遍遍地静听,仿佛听这个是一种享受,一种欣慰。那神情,竟有几分自豪、几分兴奋,仿佛哥伦布发现了新大陆。

　　原来,我心里虽明白这些关系,但在表姑回国后,从没和她谈起。我想她应和我一样明白。谁知在美国生活了四十多年的她恰恰并不清楚。她只知道从赵氏的角度,我与她有辗转的远亲,不知道刘显潜是我父亲的外公。而我不喜欢与人攀附,从没想到要与她源远流长地一捋宗亲世族。面对面地讲"我家的谁是你家的谁",是我所不屑的。而表姑刚好对是否有"血的关系"异乎寻常的看重,在她心目中,有"血的关系"才算得是亲戚。

　　于是才明白,过去几年,虽然我与她相处不错,但她只是把我作为一个朋友,作为很谈得来的世交的女儿。如此,当她要批评自己的亲戚时,自然而然就没有顾忌的对着我讲,完全不知道面前这个人与她自己有"血的关系。"

　　这就是几年来每逢她一批评"亲戚"时,让我感到的那层迷雾,也是隔在中间的那层窗户纸。

　　这是不是也很有戏剧性? 两个相处了六七年的人,突然间才发现对方的真正身份? 看来,为了避免误解,宗亲世族,该捋时还得捋,尤其是从相隔遥远的地域一下拉近相处的双方。

　　从另外的角度讲,有无血缘关系,并不一定能代表什么。在我的人生体验里,人与人之间最重要的是有感情,有宽容,有爱,而这些与有无"血缘关系"并没有必然联系。

　　尤其是,看似不可撼动的"血缘",那层"先天的与生俱来的关

我的美国表姑

系"，在有的情况下竟会不堪一击。亲情与暗杀，两个本该完全对立的方面，有时却混沌在几声冰冷的枪响之中。

与圆顶房有关的家族中两个很重要的人物，刘显世与王文华就有直接的血缘关系，刘是王的亲舅父、叔岳父；另一个重要人物何应钦是刘显世亲侄女的夫婿。但这些"血的关系"并没有能阻止他们之间在政权、军权上的急剧争夺所产生的激烈矛盾，他们相互恶斗以至到了相互暗杀。

继王文华 1921 年 3 月被刺杀于上海仅 9 个月后，1921 年 12 月中的一天，在昆明，何应钦与副官前往一茶楼，他们正在登楼梯时，背后突然"趴趴"两声枪响，何应钦应声中弹。一枪从后背打中胸部，未洞穿，子弹落入腹腔，当时便血流如注，一枪打在腿部。后在昆明一法国医院救治半年，好不容易始得保住性命。后查明，系刘显世的子侄辈收买刺客所为。

"血的关系"在这里十分可悲地演变成了"血腥的关系。"设若让我按辈分称呼表述此事，要成这样："太叔公的子侄辈收买了刺客，去暗杀三姨公……"唉！不可思议，难以理解……想当年，高朋满座的护国路上的圆顶房内，他们少不了曾在一起一本正经地谈古论今，纵横天下，他们也少不了曾在那里频频觥筹交错，谈笑风生。何苦转眼就六亲不认？

少时读历史故事。当年，李世民为了当上太子进而继承皇位，亲手杀了自己的亲哥哥太子李建成和亲弟弟李元吉，血溅玄武门，然后倒逼父亲李渊让位，最后才登上皇帝宝座。李世民后来成了唐太宗，虽有"贞观之治"等业绩，但这个皇位得来不正，也一直受到后人诟病。当时觉得为"权力"杀亲人这样的事情几不可信，太极端，看书就是在书上，离现实很遥远。想不到相类似的事情，也曾真实地发生在并不遥远的家族前辈。

至于王文华在上海一品香旅馆门前,三声枪响后应声倒地,以33岁的年纪结束了本可以更加叱咤风云的人生,究竟是袁祖铭派人所为,还是他的亲舅父刘显世派人所为,如前所述,尚是悬案一桩。

难得的是,这个大家族中的刘、何二家族并未由此世代结冤,这要得益于何应钦的处世之道。主要体现在何应钦1945年3月返乡那次的举动。熊宗仁先生的《何应钦传》中,对此有生动的记述。

当时,何应钦是中国战区陆军总司令,与顾问麦克鲁在云南视察部队时途中顺便返乡。值何应钦春风得意,无限风光之时。兴义当局为了欢迎总司令,举行了空前盛大的欢迎会。何发现在出城恭迎的队伍里,所有应有应到的人物均个个在场,唯独不见下午屯刘显世家族的人。要知道,此时,虽刘显世本人已于1927年过世,但刘家"有头有面"的人物仍然众多,这种场合是属于该来而没有来、该在而没有在的。想来刘显世的家人是愧于出面,不好前来。"刘家确实是在为昆明行刺何应钦而过意不去,何应钦衣锦还乡,天低地窄,早将刘显世子侄辈行刺之事抛到九霄云外。"应付过了各种热热闹闹的欢迎场合,何应钦未回故居泥凼,便先到了刘氏聚居的下午屯。首先便去参拜刘氏宗祠,表示对其祖先的尊敬和自己不计前嫌的坦然。于是刘家赶紧召集族人,欢迎何姑丈,刘显治的长子刘公亮请何到家中吃饭,何也欣然前往。言谈间何只提刘显世当年对自己的好,完全不提以往过结尤其昆明行刺一事,充分地表现出"记人之善,忘人之过"的大度,"……于不言之间,多年的隔阂宿怨,竟而冰释。何应钦不以势而逞意气、泄私愤的举动,颇为兴义人所称道。"

有句古语曰:"邀百人之欢,不如释一人之怨",意为与其与千百

摄于台湾的何应钦生日照

人欢乐相聚，不如去与一个人消解仇恨，或是去原谅一个人曾经对自己的罪过。何应钦此行此举为这句古语作了形象的注脚。于是，刀光剑影暗淡，"血的关系"似又回归，亲戚又重新做回了亲戚。这也在某一个侧面说明，存在于世上可以称之为永恒的东西，到头来并不是血雨腥风中曾为之火拼的"权力"，而是属于人先天的，与生俱来的，人性中始终可贵的亲情。

　　"血的关系"不仅仅存在于人与人之间。人与生于斯、长于斯的故乡之间，同样有一层"血的关系"。人与人之间的血缘关系可用DNA检验，人与故乡之间那份血脉之情却会至深而不可测。我恰好是从——表姑的姑父、圆顶房的一位重要人物，也是用自身举动化解了家族仇恨的何应钦身上，看到了这层深不可测的"血的关系"。

　　约是1988年初，父亲告诉我一个消息："何应钦死了。"接着，他有点伤感的说，"前几年，这边的统战部门还在托人带话给他，说欢迎他为国家的统一大业作贡献，欢迎他回故乡探亲。我想他心里巴不得来,谁人不想看看故乡故土啊,尤其是他。但是,来不了。""想当年在昆明,我们去他家里做客。看见来了家乡人,又是亲戚,他居然陪了我们一整天……"

父亲心里,留存不少与何应钦有关的记忆。

1945年春夏之交,父亲受新黔公司委派任驻昆明经理。那时在昆明有不少兴义人,除了何应钦这样的达官贵人,还有不少家族中的长辈长期在此谋生及居住。父亲因此自小在昆明上学,由在昆明的二表伯把他送入天主教堂办的圣保罗学校学法文,后改进中法学堂。他对昆明既熟悉,又有众多亲友,因此工作之余常在亲戚间走动串门。

六月里的一天,他与婶娘(王伯群的二妹王文淑[①],三妹王文湘即何应钦夫人)及堂弟妹们造访何应钦公馆。何应钦及夫人王文湘邀大家一同去游玩西山,于是一行人坐车到西山脚下。先至缪云台家建在西山脚下的别墅,游赏了缪家庭院,同时造访了相邻的黄子恒的别墅,也参观了黄家的花园。之后大家到滇池边玩耍。最后再回到黄的别墅赴晚宴。父亲与堂弟妹们背下开玩笑说,这一天,先是中午在缪云台的别墅用的一桌豪宴,而后再在黄府赴晚宴,其实都是沾何三姨爹的光。其间摆谈聊天,因为都是兴义人,都是客居昆明,谈话中自然聊起兴义老乡在昆明的某某人,某某事,尤其集中谈到某个曾经在商界风声水起而后败落的兴义人的际遇。大家摆谈时,何应钦一般都是"只听不发言",偶有一二句发问而已。这与他老来后在台湾,谈起家乡人家乡事就眉飞色舞的表情不一样,他那时慎言,持

---

① 王伯群二妹的名字,在现有资料中除见到有王文淑外,尚有王文绣、王文潇,此处从王文淑。

我的美国表姑

重。我父亲时为晚辈，有各长辈在座，说话自然也谨慎。

几月后父亲完成了公事，打算回贵阳了，此时婶娘也说要回兴义，但路上没有同伴，有点心虚，问我父亲能否绕道送她回兴义。父亲说当然可以，并且自己也可回家看看。于是他们坐了何应钦的一部小车，一路顺风，看来可以顺顺利利直达兴义。不想在罗平至江底的一处小山冈上，天黑时分，飘起了毛毛细雨，而小车却在这时抛锚了。如此一来，俩婶侄同一个驾驶员，将只能在车上蜷缩一夜。这种形势十分危险，因为匪患太多。就在这条路上，一辆从安龙开出的客车大白天就被土匪洗劫，所有乘客全部被搜得精光，稍有反抗者被打致伤。试想倘若来了土匪，三人都在车里，就会被轻易地一锅端，一点还手余地都没有。商量后决定驾驶员留守在车里，父亲和婶娘下车，到旁边山冈上一块大岩石下暂避，任何一边如有情况，可相互有个帮扶呼应。

暮色四合中父亲带着婶娘往岩山上走。她突然声音颤颤地说："何三哥（何应钦）送了我一把左轮手枪，放在车上小提包里的，"她问我父亲，"能不能交给司机？"父亲不假思索地说："不能。因为不知底细，怕不可靠，枪交到他手里，岂不是麻烦。"父亲叫婶娘站住不要动，他赶紧跑回车内，把小提包拿来交在婶娘手上。夜深如墨，四野荒僻，婶娘越想越害怕，心想若来了土匪，不知会落得个怎样的下场。大岩石下父亲把左轮手枪的子弹上好，交给婶娘，问："送给你枪时，三姨爹教没教给你怎样打？"婶娘仍是声音颤颤地说："教是教了的。但是我不敢，也从来没有打过。"父亲让她把枪插在旗袍侧里，那旗袍扣是在右侧，打开一扣把枪插进去，要掏出来时正好顺手。父亲说你不会打也不要紧，必要时掏出来，也能吓唬一下匪徒。婶娘知道我父亲身上照例别得有一把手枪，她这把就是必要时拿来做做样子，又加父亲不断地安慰,这才稍稍定下神来。父亲说:"假若有什么事发生,你老人家不要怕,赶紧离开我,往高处山岗子上跑,我在这里抵挡。如果土匪只来二三个,我要开枪抵抗,假若来的人多,我也只能一边打一边尽力往山上跑。"

俩婶侄坐在岩石底下,淋着时断时续的毛毛细雨,倾听着黑地里的动静,半点不敢懈怠。好在一夜平安无事。第二天一早,一部商车过路,帮助把这部小车修好,三人才得抵达兴义。

到兴义后方一周,何应钦的昆明陆军总部过兴义开往湖南,兴义各方面与众亲戚又是一番迎来送往。何应钦听说了婶侄二人的这一夜惊魂,通过夫人王文湘带话,大意是说,发智(我父亲)如有空时,还是教会你婶娘使用那支枪。因为"只有会用,才能真正起到防身之用。"

"这几年,我跟何应相见过几回面。她是何应钦最小的妹妹,现是重庆市政协委员。"父亲从刚才的记忆里回过神来,又继续刚才的话题:"谈起她这个三哥,她感叹说,三哥很想念兴义老家。他的家乡观念,家族观念,很浓很重,这一点从来就没有改变过。我曾经想,在当前的形势下,共产党这边既然摇橄榄枝,他会不会趁还走得动,有一天真的回来看看? 这一死,唉,兴义,还有他的老家泥凼,他这辈子终归是回不来了,看不见了……"

我深解父亲说这番话的意义。一方面,他幻想若何应钦真的回来探亲,海峡两岸和平统一的步伐必然加快;另方面,他也十分惦记他的老家。兴义,兴义,是他一生的叨念。他与何应钦思念的是同一方故土,方圆几十里之内升起炊烟的那同一片地方。我的父亲晚年怎样思乡,就能想象晚年的何应钦怎样思乡。甚至有过之而无不及,因为,他是极度思乡却不得归。

何应钦自 1921 年后,只回过兴义老家两次,分别在 1940 年和 1945 年,从那之后的四十余年,终其一生,他再没回过家。越是如此,晚年想起,这种思念越是日与俱增。尤其在与他共同生活了半个多世纪的王文湘过世后,晚景孤独的他更是思乡情切。

熊宗仁先生的书中记述,只要有同乡或部属回大陆探亲,何应钦总要拜托人家打听故乡的事,包括何家的老屋是否安然,祖墓是否安在,家乡的亲人近况如何。如有人从大陆探亲回台,他刨根问底,穷聊不舍,大有君从故乡来,应知故乡事的渴望。与人谈话,只要是谈起故乡,他便眉飞色舞,把点点滴滴的记忆绘声绘色地倾倒出来与人分享。画家张大千由于经常不断地听他描述泥凼风光,心里已对泥凼有了概念,在何应钦九十五寿辰时,为他画了一幅“泥凼风景画”,总算让他的乡愁与乡思有了具体的寄托。据说他把画挂到每天最容易见到的地方,时时望着,冥冥中想象他似乎回到了故乡。

他内心虽然尝尽了“故乡何处是,忘了除非醉”的刻骨神伤,碍着身份与地位,还不能公开表露,请人打听乡情还嘱咐不要提是他让打听的,但在国内外的不少亲戚,包括我父亲都辗转明白他的心思。

何应钦的怀乡,怀亲人、怀故人,从另外一些则面也可以佐证。我在《周素园文集》中看到,1947 年时,他从美国来信给我外公,请他为王文华撰写碑文。那时正逢外公体弱多病,他给我母亲的一封信中有这样的话:“何敬之(何应钦)来信嘱做文章,(即为王文华写的神道碑文)……拒绝吧,总觉对人下不去,承认吧,真是要老命……前后共纠缠十一二天,才算勉强交卷……托何办的事本来是附带的,因为他给我忙乱了旬余,我也撩拨他一下吧了。”时值王文华过世 26 周年,圆顶房的主人王伯群也已在三年前辞世,何应钦自己远在美国,

1910年时的何应钦

何应钦与赴台湾探望的王德辅

站立中间者为何应钦

却还在亲手操办属于王家的事务。

非常凑巧。写到这一节时,正值 2015 年 8 月 15 日。七十年前,正是这天,日本宣布无条件投降。七十年前的 9 月 9 日,在南京原中央陆军军官学校大礼堂,"中国战区日本投降签字典礼",在这里举行。主持受降大典的,是时任中国陆军总司令何应钦。当时,他不但代表中国政府和人民,同时也代表东南亚战区盟军,包括苏、越、朝、缅、泰等国。上千人流着激动的热泪参加了典礼。曾经不可一世的日本侵略者,垂下了罪恶的头颅,何应钦接过冈村宁次呈上的代表日本政府的投降书,签字,然后发表了即席广播讲话,讲话完毕,全场掌声雷动。

从此,战争结束,和平的阳光普照大地,中国和其他参战国一样,开始抚平战争创伤,建设新的生活。那一天,这位贵州人,这位从兴义泥氹走出来的中国陆军总司令身上,这位在贵阳护国路圆顶房内,一度常居常住的家族前辈身上,聚焦了全世界的目光。

他是 1987 年 10 月时,在台北荣民总医院逝世的。

消息传到大陆后,他的故乡所在地贵州黔西南州,他的妹妹何应相所在地重庆的有关部门,包括政协、统战部、对台办等,对他的亲属表示了慰问,他在兴义的亲属联名给在台北的何应钦女儿何丽珠发去唁电,称:"举族垂泪,盼灵归桑梓。"

何应相所写的《悼哀应钦三哥》挽词,读后让我动容:

"……四十载生离成死别,恨苍天,曷有极。漫漫云天,鱼沉两岸。思骨肉,泪已枯,柔肠寸断;怅海岸愁云,杜鹃啼血,黯然销魂者,岂止小妹一人?吁嗟乎,人孰无亲,咫尺天涯,相见何难? 抱恨终天!……自别后,妹茕守故里,念数典不忘宗,对祖茔扫祭而无间,朝夕盼与兄相见。到如今,黄泉渺渺,何处觅兄颜?我哭兄不闻,我奠兄无言。更值期颐寿临,亲友咸庆。小妹已备薄礼,欲表敬意,岂知竟成永诀!惟冀年来山河一统,扶灵归葬有期,魂兮归来……"

在我看来,这首挽词里,表达了两层血脉关系。一层是血缘亲情,同胞兄妹,骨肉之情,生离死别四十载,其情自不待说;另一层,便是人与故乡之间那层割不断的血脉关系。何应钦死后葬于台北县汐止五指山,而不是他生前望眼欲穿的故乡兴义泥凼的石林。家族亲属们认为,生不能归,死也要回到故乡,想来这也是何应钦自身的心愿吧。于是,乡亲父老,族人亲属,"盼灵归桑梓","扶灵归葬,魂兮归来"。叶落了也要归根,仅剩魂灵了也要回到故乡,这种与生俱来,无可变更的吸引力和原动力有多么的强大!

海峡两岸,还有多少骨肉分离?"……/而现在/乡愁是一湾浅浅的海峡/我在这头/大陆在那头",余光中先生这首《乡愁》,不仅道出无数去台人员的心声,也同样道出在大陆这头亲人的心声。我父亲在台湾的亲戚不止三姨父何应钦,还有曾任台湾政府发言人、台湾驻北美事务处主任的表弟刘达仁。表兄弟二人从小就关系亲密,胜似亲兄弟,成年后也来往不断,但从1949年后,之间音讯就完全断绝。1993年的"汪辜会谈",让父亲兴奋、期待,那是两岸迈出的历史性一步。他密切关注电视和报纸,有关报道被他圈圈点点,细细推敲与考量,然后津津有味地向我们宣讲。他期盼国家早日统一,有生之年会有与表弟相见的一天。但是如何应钦终究没有回到故乡一样,父亲他老人家终究没有等到这一天。

台湾是祖国不可分离的一部分,因为这里面本就有"血的关系",两岸人民不可分离,因为这里面更有"血的关系"。"惟冀年来山河一统",再不会咫尺天涯,抱恨终天!

　　　　　　　　　　　　　　　　　　　　　　我的美国表姑

第十三章

改　变

时间的长河悄悄流淌，不知不觉间，从表姑第一次回国到2010年，十七个年头过去了。

几位与我们、与表姑很熟悉的大夏大学校友，在这个期间过世，包括吴老先生、邓宗岳先生；曾去杭州的张女士、还有贵州著名古建筑专家、一直作为王伯群故居顾问的黄老工程师。当这些消息一个接一个地传到表姑面前的时候，她的表情很平静，平静到有点不好让人理解。因为那种平静有些不近情理，甚至会让人误会，莫非这些老校友，老朋友或长者辞世，你都无动于衷吗？但细心人会觉察，每当这时，她看似平静的表情中总是掠过一丝沉凝、黯然或是若有所思。谁也想不到，那是因为，她自己也在做着告别人生的准备。

表姑一向身体壮实，精力过人，我们中没有一个人能有她那样好的体力和精力。但在2007年回国时突然有了她自己说的"小问题"，那时我们完全没有在意。到了2008年回国时，看出她的情况不太妙，有几天甚至"出了险象。"我们力劝她在贵阳就医，她坚决地摇头。但要回美国，竟至因身体状况而不能承受十几个小时的飞行。过去的她，一天飞几个城市，依然精力旺盛；从西半球飞到东半球从来不需要倒时差，就跟从城西走到城东一样随意——与那时相比，让人担忧地感到判若两人。

她既不吃药也不就医,在贵阳将息了二月余。其间让我们陪着去了圆顶房。这些年,由于集中力量做文化公益,关照她自家房子的时间少了,这次她在房内仔细巡看了一遍。然后她顽强地撑着,不要人陪,也不要人送,就像她最初回中国时一个人去黔西南州一样,一个人背着行囊去了重庆。在那里为她父亲扫了最后一次墓,对守墓的农家作了一些交待。

一个久久的阴天后放晴的下午,她的状态比往日好,勉强可以承受长时间的飞行,回到美国了,因而看去她的心情也比较好。对于我们的担心,她反过来安慰说:"如果在飞机上受不了,我可以要求空姐安排地方让我躺下,我可以就这样回到美国。"我和先生在酒店门口送她上了一辆的士,要送她到机场,她坚持无论如何不让。了解她的性格,只好作罢。站在酒店门口,心绪怅然地目送那辆的士绝尘而去。

回美国后一年多里她经常有电话给我,开始时,还是那样细腻的嗓音,话题还是那样宽泛,越洋电话还是一打一二个小时。我们以为她不会有大事,能渐渐好转,能尽快恢复,还像从前那样精力过人,身强体健。美国医学发达,再有什么病,也会得到一流的诊治。但事与愿违,她的健康还是每况愈下。到后几个月时,打电话来,声音发暗发涩,时间也明显缩短,听得出她连说话的体力都不太够,约 2010 年初时,她在极度虚弱中住进了医院。

2010 年 3 月 17 日夜,接到她的电话,声音像沙漠上粗砾的朔风刮着将要倒伏的枯枝,含混、粗糙、沙哑,那是生命之火即将熄灭时的忽闪,听去让人心惊肉跳……用这样的声音竭力交待了几样要办的事后,她几乎用尽全力最后反复对我说的一句话是:"谢、谢、你,谢、谢、你。"我的心脏猛烈地乱跳,心像闷鼓那样在胸腔里沉重地咚、咚、

放下电话后，一夜不能寐。我意识到那或许是她最后一个电话。

两天后，在纽约一所医院里，表姑的心脏停止了跳动。得年仅六十五岁。

与她十七年的交往，像电影飞快在脑海中一一划过。那时就萌发了一个想法，要把她写出来，为了以免忘却的纪念。但，当时竟还不能写。我们对外界隐瞒了她的死讯，原因是考虑到圆顶房的安全。因为只有她似乎还在美国，时不时要回中国，时不时要来看她的圆顶房，某些人才会有所顾忌而不敢为所欲为。

表姑自九十年代中期回中国后一直在从事公益，用她的话来说是"我只做好事"。

她在美国宣传和介绍贵州，通过"国际贵州朋友会"，招募关心贵州的志愿者，然后把他们一批批地带来，他们有的来进行商贸、教育、环保或其他方面的洽谈，有的来进行学术交流或专业咨询。在贵州省的对外合作与交流史上，她无疑是写下了浓墨重彩的一笔。老外中很多是第一次到中国，实地考察或观光增加了他们对中国的了解，也改变了他们原有的某些概念。无形中，她成了中美之间、东西方之间文化交流的使者。

她的另一种活动是文化公益，与她的家族有关。她的父亲和叔父都是贵州近现代史上的名人，这方面的资源已很丰富，她从纪念家人这个角度切入，举办系列纪念会。长者从而回顾历史，年轻人由之认识历史。唤起了人们对历史的记忆、追问和反思，进行的是一种正能量的文化传播。无形中，她成了一座沟通历史与现实的纽带与桥梁。

有为数众多的人参加了会议和活动，他们中不少人是第一次坐飞机，第一次住宾馆，第一次到杭州、重庆、上海这些大城市，她改变了他们的封闭，让他们"睁眼看世界"。

至于对萝萝这样的人来说，她长期无私地鼎力资助直接改变了她的命运。

她以其会四国语言的优势，让只会应用母语的我们相形见绌。在与她带来的老外们打交道时，本该有声的场合，我却成为"哑巴"，因为一次次的窘迫于"有口难言"，最终让我下决心去学习英语。在日常无声的潜移默化中，她的存在，逐渐使我从多维的、更广的视角去看待和认识事物。

九十年代末期世界杯女子排球赛，有一场是中美女排最后争夺冠亚军。我在凌晨三点起来守着电视，让我的儿子大为惊诧，因为对体育赛事我从来不会有这种狂热。女排最后输给了美国，我心里堵了很久。恰好那时表姑回中国了，谈起此事，她的脸上放光，眼睛发亮，一点不顾及我们的感受，无比自豪地说："我就知道我们美国女排会赢！我们美国是最棒的！"那一刻，我感到了与她之间没法拉拢的距离，中间好像有一条鸿沟。后来想想，她没有什么错，她虽是中国根，但她是美国人，美国国籍，华裔血统，让她热爱两个国家，两个民族。打比方说，好比一个小孩子从亲生父母身边被抱到养父母身边，长大后他会既爱生身父母，也爱养父母。对于世世代代在一个国度生息的人来说，要能够理解和接受别人这种双重的情感。悟到这一层时，我豁然领略了"包容"与"开阔"的快乐，那条"鸿沟"也不见了。

2008年，因美国次贷危机引发了全球性的金融危机，我儿子所在的欧洲经济萧条，一蹶不振，新加坡友人来电十天内有三人因失业跳楼，中国东南沿海尤其涉外企业也受到严重冲击。表姑认为这回可是"美国害了全世界"，"美国把大家都害惨了。"由此，在与我们和别人谈及时有很深的负罪感，言语和表情间都满含抱歉与惭愧。那种神情，让我联想起德国总理因希特勒纳粹的罪行向全世界的谢罪。

我从她身上看到，一个公民如果热爱自己的国家，这种爱是浸透在血液里的，因而随时与自己的国家同呼吸共命运。如果国民都拥有这样的素质，国家焉能不走向繁荣富强？正如马丁·路德·金所说："一个国家的繁荣，不取决于它的国库之殷实，不取决于它的城堡之坚固，也不取决于它的公共设施之华丽；而在于它的公民的文明素养，在于人们所受的教育、人们的远见卓识和品格的高下。这才是真正的利害所在、真正的力量所在。"

2011年，我在央视赫然看到这样一条新闻：作为第77个与联合国世界卫生组织在2003年时签订了《烟草控制框架公约》的国家，在本年接受世卫的检阅时，中国的禁烟履约得分仅为37.8分，离及格相差甚远。这时我想起了当初表姑拿起我先生的烟盒时说的那些话，不得不感慨，多年以前，表姑对此已有所担忧和关注。

在看到这条新闻后不久，便发生了一系列的改变，中国开始在室内公共场所全面禁烟，而且有越来越严格之势。但禁烟路是漫长的，作为世界上最大的烟草生产国和消费国，禁烟不仅涉及健康层面，还涉及到经济层面，难度颇大。但改变毕竟已经开始了。不仅为了国人的健康，也为了"中国如果签约又无法履约，将失信于世界。"

现在拿起香烟盒，那上面，禁烟标识或说标语，占烟盒面积至少有了三分之一，那行之前羞羞答答、半遮半掩的"吸烟有害健康，戒烟可减少对健康的危害"的小字，现在字体明显变大了，醒目了。就这一点点改变，在一个烟民占到三亿多人口的国家，也是来之不易的呀。表姑如果看到这些，一定会开心地笑，然后两手一摊，得意地说："怎么样，我王德龄说对了吧？这是得要改变的！"

表姑第一次回中国时带了软盘，但全城竟找不到一个电脑可供她插用。她回美国时把这些软盘随手留在了我家里。一段时间后我看到一叠方方正正的薄薄小片，不知那是什么东西，问了几个人，大家研究半天竟谁也不认识。但仅约一年后的 1996 年，我已在本校开办的教职工电脑培训班学习。到了现在，中国的绝大多数家庭都备有台式或笔记本电脑，网络的普及程度，则到了农民也在淘宝网上开店售农产品的时候。而那个曾经神秘莫测，叫做"软盘"的方正薄片，已被视为过时而悄然淘汰。

当表姑刚回国，初次与我们出去办事时，她感到处处有困难，不得不感叹"中国事难办"。她认为主要有一个原因，就是她虽从美国来，是美国人，但她本人是黑头发黄皮肤，不是地道老外。"中国人怕老外，他们看见老外和跟老外说话都会紧张。我知道，如果我带了金发碧眼的外国人来，你们，还有那些办事的人，就会觉得稀奇一点，办事的人也会害怕一点，事情也会好办一点。"她说这话可能有一定道理，但更主要的事实是，随着改革开放，随着社会的进步，别说带金发碧眼的外国人来，就算是带了外星人来，估计国人也没有什么好怕的。

九十年代中期她回中国，正是国人大碗喝酒，大碗吃肉的年代。见我们每天鱼肉不断，就总说这不行，这不好。见过坐在饭桌边上，你吃一片肉她反对你一声，你吃一块鸡她又教导你一次的人吗？她当时就是这样的，不厌其烦，为了让你知道油脂和肉类吃太多的害处，她会守着饭桌反复开导你阻止你，有时让人不禁心生厌烦。我曾说,"你还让不让我们吃饭了?"但曾几何时,我们都从内心感谢她的提示和警醒。到现在,少吃"三高"食物已成为健康生活的共识。

抽二手烟与感冒,这两样过去我们不当回事。无论在哪种场合,家里或办公室、会议室,我们抽二手烟已经习惯了;我们对感冒从来视为小事,对感冒者也无所无谓。而她,对这二者均避之唯恐不及。有人在旁抽烟,她一定又是摇头皱眉,又是躲;如有感冒者在她旁边,她会尽量远地走开。过去看她认为是小题大作,是矫情,但随着我们自身健康意识的提高,自我保护意识的增强,现在的人都知道:拒绝二手烟,避开感冒者。

从一些资料上看到,上世纪八十年代,甚至是到了九十年代,美国中部地区还有许多人没有见过中国人。见到了中国人会问,中国?你们那里有热水吗?这是对中国的完全不了解;另方面,中国过去长期是一个贫弱落后的社会,解放后,又经历了种种波折和"文革"这样的浩劫,从来没有到过中国的人,除了不了解之外,还难免会带有一些先入为主的偏见。表姑刚回中国时,也必不可免带有类似观念,并带着这些观念与包括亲戚在内的国人相处。但这十几年下来,她逐步调整了视角,先前的一些看法明显发生变化,原有的某些观念淡化,因而我们总体感到的是亲情上升,她的故乡情结也更实笃而浓厚。从大的方面讲,是改革开放让国家飞速发展、进步、繁荣,人民生活水平大幅度提高,让全世界不得不刮目相看;从小的方面讲,我们也以自身的素质和能力改变了她未来中国之前先形成的某些认识。

十七年碰撞,十七年磨合,我们改变了她,她也改变了我们,尤其是改变了我。爱默生说过:"人的观念哪怕是发生最不起眼的变化,也会给整个世界带来春意。"

她刚回国时,我觉得她身上同时有"两个人"在与我们相处。到了后来,越相处,她身上"美国人"的成分越淡化,"中国人、贵州人、大家庭普通一员"的成分越清晰,越浓。

外出吃饭,我们知道她的习惯,会为她要青椒西红柿炒的小毛豆和口袋豆腐,她长期基本都只吃这两样。同时我们必然嘱咐服务员:"一点肉都不要放哦!"服务员会奇怪地反问,一点肉都不放?是的,我们明确肯定;"一点都不能放。这里有人不吃肉。"年轻的服务员迷迷惑惑地下去了,她微笑着坐在那里听我们张罗。她则会专点鸡肉、虾、鱼之类,那是为了照应我们中总也离不了荤菜的几位"食肉动物"。

她发现我有几次要的都是"虎皮青椒",便记在心里了。有次在饭店她对服务员说:"来一个虎,皮,青椒,"然后又补充说:"还要加点这个"——她伸出食指,再用拇指的指甲卡住一点指尖,表示要加的那东西是种颗粒,就像指尖那么大。服务员不解,但她实在想不起那个名词,继续用指尖比划。我听见了,赶紧说:"脆哨!加脆哨。"然后我们相视一笑。

那是我喜欢的一款地道贵州菜,有次我给她说,加"脆哨"更好吃,她便记住了。她那纯粹是为了我,她自己从来不沾边,因为脆哨也是肉。

大约是 2003 年,她人在美国,给几乎每个中国亲戚都打了电话,要求帮办同一件事。那时消息灵通的她得知美元将大幅贬值。她挣的是美元,但她的钱都是花在中国,在中国要用人民币,这种情况下只有先换成人民币再存起来可以保值。但她不方便兑换,就寄美元过来,由在国内的亲戚们分别换好,暂存,等她回到了贵阳,再从银行里取出来交给她。那次她住柏顿酒店,我们几个分别带去帮她换好的人民币,到了房间交给她。按说,她应接过去清点一下数目,这是个不成文的俗规。所谓"银钱过手要清点,"何况是绝不算小的一个数目。她却是慵懒地坐在桌边说着别的话,无论对谁带过来的钱,既不接,更不数,只叫都放入一只搁在茶几上的小皮箱里。一扎扎的人民币把这只小皮箱堆满,过一会大家要到外面去吃饭了,她站起来把那只皮箱的盖子压了压,因为太满,盖不住,她也不想再管,锁上房门随大家一块下去了。

有时我、我先生和她三个人在一起写材料。圆顶房十几年中,老问题没解决新问题来了,原有的违章建筑还没拆新的违章小屋又在故居的地皮上出现了。我们需要不断地申诉,找省政府、市政府、文物局、规划局、侨办……因为她是美国式的思维,写材料的过程中我们不断地有碰撞,有争论,有解释,所以往往写到很晚。在她住的宾馆,她要的都是标准间,写得太累了,太晚了,她会体贴地让我躺下休息一会,她自己歪在另一张床上,我先生则被她安排坐在床边的沙发上闭闭眼睛。于是,属于她一个人的"闺房"同时容纳了三个人小憩。

大家相互间熟悉到这样的程度,心与心之间与她刚回国时相比,已算靠得很近。尽管如此,有些事仍是永远不提的,不问的。虽然有时心里会冒出一些问题。比如,她为什么不结婚?她恋爱过吗?她有过自己心仪的对象吗?但始终没有开口。十七年中,仅有唯一的一次接近过这个话题,那是在重庆召开王伯群逝世六十周年纪念会的时候。

纪念会开完后,因为之前大家既"大吵大闹",又都为之尽心尽力,最后的结果是一切圆满,所以她和我有过一次长谈,谈得很诚挚,也很深。不知怎么的还谈到了婚姻、家庭、丈夫。这些问题是十七年中我和她双方之间一个无形的"禁区"。因为她没有结婚,一直独身,所以谈话都不接触这些方面。那天当谈及家庭,我就一些事对我的先生有所抱怨时,她很突兀地来了一句:"男人,没几个好的!"语气没头没脑带着深重的愤愤。我还没回过神来时,她很快接着又突兀地来了一句:"像欧天锡这样的,就是一百个里面挑出来的一个好的了。"

欧天锡是大夏大学第三任校长欧元怀先生的儿子,时供职于华东师大。欧元怀先生本人毕业于美国哥伦比亚大学,由于成绩突出,他之前就读过的母校美国西南大学特授他荣誉博士。当年欧元怀先生学成归国后,就任厦门大学教育科主任兼总务长,在厦大学潮中当获悉校方无理开除学生时,挺身力保,被校方借故提前解聘,引起厦大校园内抗议声四起,不少学生愤然签名,随他一起离开了学校。

事后,离校学生纷纷要求他领头创办新校。欧元怀先生不忍学生们中途失学,再次挺身而出,联合厦大教授王毓祥、林天兰等九位知名人士,几经周折筹措集资,最后在王伯群资助下创办了大夏大学。抗战爆发后,欧先生身为副校长,与全体师生历尽艰险到达贵阳。1940年就任贵州省教育厅长,1944年,时任大夏大学校长的王伯群在重庆病故,时值"黔南事变",西南在一片恐慌与混乱中,欧元怀先生临危受命,毅然辞官接任校长。抗战胜利后,他亲自主持操办,将大夏大学平安迁回上海。

在重庆纪念会开始前,表姑一心想让我来主持,我却主张由欧天锡先生和表姑两人主持,我对她说:"你们一个是前任校长的女儿,一个是后任校长的儿子,由你们俩来共同主持这个会,是十分恰当的。"后来他俩成功地主持了纪念会。公议之后的当晚,来自各地的大夏校友和亲朋中有京剧票友,还有不少人多才多艺,大家提议开联欢会,但却一时找不到主持人。欧天锡先生既是自告奋勇,也是"临危受命",他临时上场,却又以热情、流畅的串词、把控全场的应变能力,

　　　　　　　　　　　　　　　　　　我的美国表姑

四十年代时期的欧元怀

上世纪二十年代，欧元怀（右）与马君武、王毓祥在南洋为建中山路大夏大学校区募捐时合影

上世纪三十年代，欧元怀（前排中坐者）与大夏大学毕业生合影

风趣幽默的语言,成功地主持了联欢会。

表姑把欧天锡先生划为是"百里挑一"的好男人,是有道理的,因为他同样留给了我、我们这一行人良好的印象。那天,我这句话已到了嘴边:"那么,如果遇见类似欧先生这样的男士,你会考虑结婚吗?"但我终归没好问。不知问后会得到怎样的回答。只能设想,真遇见类似的人,也许会改变她的人生,改变她的生活方式和行为模式。但,不知为什么没有?——她对于我,有些地方始终是神秘的,谜一样的。那么,就让她带着神秘来,又带着神秘走吧。她一定有她的原因和理由。

表姑没有家庭,除哥、姐之外也没有更多亲人,我与她之间那点隔了五、六代的"血的关系,"堂弟堂妹与她的亲戚关系,都被她看得异常重要。但有"血缘关系"不一定就有感情,人与人之间相互有所改变才会产生感情。我们和她之间正因为这种改变,才有了感情,正因为有了感情,对于她的离去,我才常会悲从中来。

在她离世前不久,有一次她在电话里说:"我无所谓了。我已经做了我可以做的一切,为人民服务"。越过渺渺大洋、通过细细电话线传来的声波里,她的话音很轻,本身她没有多少说话的力气,但最后这句,却如远处传来的电闪雷鸣,让我内心深深震动。

她从来不使用"为人民服务"这个说法。她甚至都不大说"公益",她喜欢笑眯眯地说的是那句很朴素、很民间化的"我只做好事。"

对此,我唯一的解释是,这十七年,她的全部精力和相当多的时间都用在中国,用在故乡,不求任何回报的尽力去做"对地球有利的事,对环保有利的事,对社会有利的事。"当明白自己不可能再踏上中国土地,不可能再去"我只做好事"时,在相隔遥远的美国纽约的医院里,她下意识地、情不自禁地用了富于中国色彩的这个词来总结自己的人生。能体察出她内心深处,既有对中国、对故里说不出的怀念;也有回首往事,为自己的所作所为,为自己对人生价值的追求无所遗憾、问心无愧的释然。

说这话时,或许只有她孑然一人孤独地躺在病床上,面对窗外枯枝上即将飘零的黄叶,等待不久将降临的死亡。而语气的淡定、平缓、沉静,一如她素常风格,仿佛谈的是日常任意一个话题。只有内心足够强大,真正坦然,将人生与世事看到通达透彻的人,才会具有如此的理性与气度。

我再一次,也是最后一次,认识到了表姑的内心。

表姑的家,那栋屋顶上高耸着塔尖的圆顶房,依然在爬满常青藤的堡坎上静立。常青藤下依然车流不断,人来人往,圆顶房一直存在的诸多问题依然悬而未决。

它的第二代主人来了,却又走了,过早地远去了。纪念馆、图书馆,依然只是愿景。如果有一天终能开办,我想,除了陈列圆顶房主人王伯群,胞弟王文华的简介与事迹,也应有一个王德龄的简介与事迹(虽然她如果知道会竭力反对)。让流逝的时光记住,有这样一位圆顶房的女儿,她曾经来过。用她的努力,对祖籍国和贵州省作出过无私的奉献;以她的方式,让参与过她举办的活动的人,或仅仅只是接触过她的人,不知不觉地受到过一些影响,或多或少地发生过一些改变。

只是,"历史陈列室"如果仍要遥遥无期地等待,莫说人,就连坚固的圆顶房本身也等不了了。因为,再好的建筑材料也在随着岁月渐渐磨损、风蚀、老化……

"所有的一切都在变化，唯有变化不变。"有位名人这样说。

人生的底色原本就是变化。

虽然每年与表姑相处已成为我们生活中的一部分，虽然一到时候就会想，表姑为什么还不来？她应该回国来了呀？但，我和我先生、还有堂弟、堂妹，不得不去接受生活中的这个改变。那就是，十七年来，我们总是习惯了她一年二三次，三四次，不知疲倦地飞回中国来的表姑，再也不会背着她鼓鼓的行囊，从大洋彼岸飞过来了……

　　　　　　　　　　　　　　　　　　　　　我的美国表姑

后　记

写出我所了解的表姑、美籍华人王德龄,让世人了解她——这样一个写作冲动,是在 2010 年春,接她从大洋对岸打来的电话,如陷梦魇般听到她即将气绝前最后发出的声音……那个时刻。

　　她那特立独行的个性,特殊的背景,在中国时独特的作为,我们与她在一起时那些独特的经历与体验,是促使我去写的推因。但由于种种缘故,包括我们在本地不得不隐瞒她的辞世这样一些因素,直到 2015 年才正式动笔。

　　成稿后字数不到四万。我发给一些朋友,其中包括四川的唐龙潜先生、远居加拿大的卢晓蓉女士、安顺的杜应国先生等等,请他们帮助"把脉"。朋友们给出了热情的肯定和赞许,也指出了不足。

　　定稿后,有幸被贵州作协副主席戴冰先生所阅。他给予充分肯定,同时建议:这样一个题材,完全可以写到十几万字,加上图片,"可以做成一本很漂亮的书"。并建议应加副标题,以能涵盖所写的历史部分。这真是十分专业的指导意见。

　　如果再另写一个十几万字的相同题材,内容上难免会发生重叠交叉。思考后,决定在原文基础上扩写。于是几乎完全推倒了花去大半年时间已完成的定稿,重新构篇。

　　写王德龄,这个"圆顶房"的女儿,自然要写到她的父母王伯群、

后　记　　　　　　　　　　　　　　　　　　　　　　　　225

保志宁,写到她的叔父王文华,必然要牵连出刘显世、何应钦、周素园等,因为当年他们都是圆顶房下的重要人物,圆顶房因为这些人物,一度成为贵州政治、军事、经济的中心。原稿中对相关历史有一定的描写,扩写时仍然采用时空交错的手法,而"往事"的内容大量增加。

我在青少年时,对这个家族只有朦胧的认知,后来,自认为有了清楚的了解。而当真正要把一些人物与事件落实在文本上时,不少地方似又回到了朦胧状态。我放下每天敲击的键盘,重读相关史书,查阅大量资料……常常一连几天不走出房门。

写作过程中,上海的欧天锡先生和贵阳的吴尚智先生提出了宝贵意见。他们二位与我的表姑都很熟悉,文中写到的不少现实事件,是他们二位和我,和大家,与王德龄女士在一起时共同的经历。吴尚智先生还另外为我提供了包括图片在内的一些素材。

写到第六章时,困扰我的一个问题是关于王文华墓。当年表姑带人去上海、杭州开会并扫墓,我没有在场。后来她们谈起在杭经历时,我又未注意王文华墓的相关信息。如果人都健在,一个电话就可搞清,不会成为问题。但最清楚此事的两个人均已过世,在我现能联系到的人中对此都不甚了了。于是这一章的相关地方就变得模糊。虽说用模糊义似也说得走,但在这篇纪实类非虚构的文字里,我力求能实就实。加之王氏在美国的亲戚也想了解王文华现究竟"移身"何处,于是,在自己不能抽身到杭州寻访的情况下,拜托了现居杭州的,我的两位老朋友欧国华、刘琼夫妇。

他们在附近几经周折未打听到,便让平时工作很忙的女儿开车到乡下,协助寻找,却未果。几天后,他们另设法重新上路。山区里、土坡上、公墓群、烈士陵园,见人就问,只要觉得有一线"是"的可能,他们必不辞辛苦地一定走到墓跟前看个清楚。终于老天不负有心人，在杭州城外的里鸡笼山，巧遇一位熟知此事的退休干部，把他们一直带到了王文华墓前。拍照后，为我发来了图片。如此，我得以在文中清楚准确的写出这一细节。

往小处说，他们是为我解决一个写作上的疑点，往大处说，对于这样一个在护国战争中立下显著功勋的将领，他现身葬何处，我这两位朋友是为王文华的家族及后人，为相关历史研究者，为读者，给出了一个明确的交代。

书稿第二次完成后，承蒙有出版社青睐，曾将之两次送报。但其中过程却曲折……前后拖延了一年半之久后，我把书稿寄到上海。

华东师范大学档案馆馆长、硕士生导师汤涛先生，是一位有多部著作的作家。他同时也是华师大党史与校史办主任，因而对华师大的前身大夏大学、创始人王伯群的生平及其家族、乃至王伯群故里贵州兴义的地方文化，都有深入、独到的研究。

我很幸运。汤涛先生阅过书稿后，很快推荐给了上海三联书店。在这里，遇到了一位资深、知名编辑——钱震华先生。

仅一个星期，我接到选题被认可的消息。之后，经过系列出版程序，小书终于荣幸地在这个国内一流的、著名的出版社付梓。

下面付诸笔端的几件事，实际是本书正文的延伸。

其一，王伯群故居不再只有贵阳市的圆顶房和上海的愚园路两处。

2016年，王伯群故里贵州黔西南州兴义市首期斥资450万，在他的家乡景家屯恢复建起了"王家大院"。作为当年黔西南州的重点建设项目，故居在一年内已建成。2016年金秋时节，首届世界山地旅游节在黔西南州开幕之时，景家屯的王伯群故居也同时开放。据闻,还拟以"王家大院"为幅射点,把周围打造成新的旅游风景区。

至此,用当地民众的话说,兴义走出去的四大名人:何应钦、刘显世、刘显潜、王伯群,现都在老家原址有了故居。(前三人的故居早些年已有,现都是全国重点文物保护单位)

其二,2016 年,上海华东师范大学档案馆启用从未动用的馆藏,发掘出一批从未面世的王伯群与大夏大学相关的珍贵史料。由馆长汤涛先生任主编,编辑出版了近六十万字的《王伯群与大夏大学》一书。本着尊重历史文献,用史料档案说话的研究精神和态度,本书"首度解密王伯群执掌大夏大学的原始馆藏档案,独家、全面、权威呈现了民国著名私立大学历史。"

当年 10 月 15 日,在位于愚园路的上海王伯群故居内,新书发布会召开。人民日报、新华社、中新社、上海电视台、新民晚报、东方早报等二十多家新闻媒体、有关机构和领导悉数到场,场面热烈而隆重。

此书的出版,不仅为研究王伯群、大夏大学和华东师大,也为研究中国近代高等教育提供了宝贵的第一手档案,具有重要的参考价值。同时,为贵州兴义的独特文化与近代中国的关联等方面的研究打开了新的空间。

几乎在同一时间,王伯群长子王德辅,也在美国出版了英文版的,讲述他父亲和叔父的长篇《爱国者与军阀》。据闻兴义有关方面拟协助他联系翻译,以尽快形成中文译本。

其三,2016 年夏天,时值我在拟写与家父有关的章节,意外地接到兴义电视台《文化兴义》栏目组电话,说拟为我父亲拍一个电视专题片。我当时从心到身感觉到一股暖流——家父过世二十余年,家乡人还记得他!

家父在世时,曾在贵州农业方面创造出几个第一。第一个把美烟种子播植在贵州土地上并成功植活;在贵州修建了第一间烟叶的烤烟房;第一个在贵州引进法国梧桐并成功植活;第一个在毕节种植成功花椰菜等。但他在世时,一直至"文革"结束前,从没有得到公平对待。他所做出的成绩,长期被埋没,更难以让人忍受的是被人欺世盗名、张冠李戴。

在兴义,早在八十年代末即有古道热肠的赵显域先生为收集、整理我父亲赵发智的资料辗转奔波。眼下,兴义电视台准备投拍本地近现代名人时,把家父列入其中,并放在重要位置。这怎不让我深深感叹,感动!我由此看到了兴义宣传部门,兴义电视人的职业高素质和敬业精神。正如栏目组负责人所说:"我们做这期节目的目的,就是想向公众还原历史的真实,让人们知道历史的本来面目。"

2017年六月,讲述家父赵发智事迹的专题片《黄土地·赤子情》,分上下两集制作完成,播出后,收到了热烈的反响。电视台在第二天陆续接到观众打来电话,诉说观看后的感受与感想,给予了专题片良好的评价。

我将专题片的手机版发到朋友圈,同学、朋友、亲戚,感动之余纷纷发来评论和感叹。其中一条评论说:"兴义电视台做了一件功德无量的事情,它不仅让我们从一个新的角度了解到贵州的历史,同时也让我们认识并记住了与贵州历史发展息息相关的一些不应当被忘却的人。"

在本书终于出版发行之际,谨以最诚挚的谢意,感谢上述提到或没有提到尊名的,所有帮助过我的老师、朋友,包括兴义电视台所有工作人员,谢谢你们!

在这个碎片化阅读盛行的时代,我还要感谢翻阅本书,读到这一页的读者。谢谢你!

赵明和

2017 年 8 月于贵阳

纪念王伯群诞辰130周年暨《王伯群与大夏大学》新书发布会现场（2016年）

纪念会和新书发布会的部份参会者（2016）

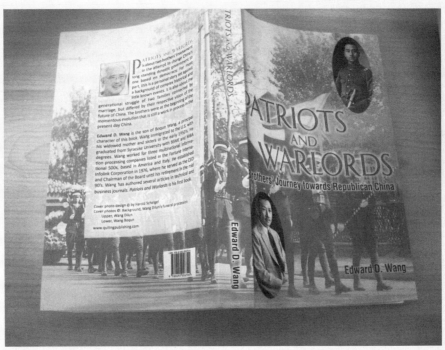

英文版的王德辅新作《爱国者与军阀》

王伯群长子王德辅（左一）携家人从美国回国扫墓，右一为吴照恩（2000年）

王德辅（中）与亲戚在贵阳达德学校（2016年）

王德辅（左）与作者的儿子（2016年）

王德辅（中）与作者儿子、儿媳在贵阳
王伯群故居

受省委党史办委托，作者前往昆明采访曾由周素园介绍去延安的原云南军区副司令员朱家璧（1991年）

随贵州写作学会在雷山县采访（2009年）

生活照

工作照

在黄海边（2003年）

在天山天池畔（2002年）

与小孙子（2017年）

图书在版编目(CIP)数据

我的美国表姑:"圆顶房"下的今人与往事/赵明和著.

—上海:上海三联书店,2017.

ISBN 978-7-5426-6161-6

Ⅰ.①我…　Ⅱ.①赵…　Ⅲ.①传记文学—中国—当代

Ⅳ.①Ⅰ25

中国版本图书馆 CIP 数据核字(2017)第 306174 号

我的美国表姑
——"圆顶房"下的今人与往事

著　　者　赵明和

责任编辑　钱震华

装帧设计　汪要军

出版发行　上海三联书店

　　　　　(201199)中国上海市都市路 4855 号

印　　刷　上海昌鑫龙印务有限公司

版　　次　2018 年 1 月第 1 版

印　　次　2018 年 1 月第 1 次印刷

开　　本　787×1092　1/16

字　　数　180 千字

印　　张　15

书　　号　ISBN 978-7-5426-6161-6/Ⅰ·1354

定　　价　58.00 元